왜 역사 제대로 모르면 안 되나요? - 고려(상)

왜 역사 제대로 모르면 안 되나요? - 고려(상)

1판 1쇄 펴냄 2014년 12월 12일

지은이　박주연
그린이　이종은
편집　박경화, 최민경, 황설경, 이은영, 유나리
마케팅　송만석, 한아름

펴낸이　하진석
펴낸곳　참돌어린이

주소　서울시 마포구 독막로 3길 8
전화　02 - 518 - 3919
팩스　0505 - 318 - 3919
이메일　book@charmdol.com
신고번호　제313 - 2011 - 157호
신고일자　2011년 5월 30일

ISBN　978 - 89 - 97592 - 71 - 5　64800

왜 **역사** 제대로 모르면 안 되나요? **고려(상)**

박주연 지음 · 이종은 그림
김봉수 · 배성호(전국초등사회교과모임 공동 대표) 감수

참돌어린이

2015학년도부터 적용되는 초등학교 교육 과정의 초등 역사과에서는 고려 시대를 '세계와 활발하게 교류한 고려'라는 이름의 한 단원으로 구성하고 있어요. 고려 시대의 역사를 인물의 활동을 중심으로 파악하면서 여러 차례의 외침을 극복하고 주변 국가와 활발히 교류한 고려의 문화유산과 생활 모습을 이해하는 것을 교육 과정 내용으로 삼고 있어요.

이 책《왜 역사 제대로 모르면 안 되나요? – 고려(상), (하)》에서는 초등학생이 알아야 할 고려의 역사적 인물과 사건 그리고 대표적 문화유산 등을 다루고 있어요. 이 책의 특별한 점은 당시 고려 시대를 살았던 사람들의 생생한 이야기를 통해 흥미진진하게 역사를 살펴볼 수 있도록 구성한 점이에요.

고려 시대 때 학교와 비슷한 교육 기관을 세워 인재 양성에 이바지한 인물, 역사서를 편찬한 인물, 과학 기술 발전에 이바지한 인물뿐 아니라 다양한 문인과 예술가 등을 살펴 고려의 모습에 신선하게 다가설 수 있어요. 덕분에 고려 사람들의 생활과 사회를 한결 다채롭게 헤아려 볼 수 있지요. 이와 함께 고려를 대표하는 문화유산에 대한 설명을 찬찬히 읽다 보면 어느새 고려 당시의 생활과 문화를 자연스럽게 알아볼 수 있어요.

더불어 고려 때 불교가 사람들의 생활에 미친 영향을 읽어 가는 것도 흥미로워요. 연등회 등 다채로운 불교 행사와 부처의 힘으로 나라의 어려움을 이겨 내고자 했던 고려 시대 사람들의 중요한 세계관을 새롭게 살필 수 있기 때문이에요.

　고려 시대는 활발한 국제 교류로 다양한 문화 속에 개방적이고 다원적인 사회를 이루어 나갔어요. 물론 몽골의 침입 등으로 힘겨운 시기를 맞기도 했지만, 고려 사람들은 이를 극복하기 위해 많은 노력을 기울이면서 힘차게 생활해 나갔답니다.

　우리 어린이들이 꼭 알아야 할 고려 시대 500년의 역사 이야기를 다루고 있는 이 책을 통해 신 나고 재미있는 역사 공부를 시작해 보세요!

배성호, 김봉수

차 례

부록

후삼국을 통일한 태조 왕건

왕권이 세면 모두 왕의 눈치를 살피며 권력 다툼을 일으키지 않아요. 하지만 왕권이 약해지면 나라를 지키기 어려워져요. 신라 말에 왕권이 약해지자 지방 호족들의 힘이 세졌어요. 힘 있는 호족들이 너도나도 새로운 나라를 세우겠다고 나섰지요. 그러던 중 견훤이 892년에 후백제를 세우고, 궁예가 901년에 후고구려를 세웠어요. 신라와 이 두 나라가 함께하던 시기가 바로 후삼국 시대랍니다. 이때 왕건은 어디에 있었을까요?

신라의 호족이었던 왕건의 아버지 왕융은 신라가 가망이 없어 보이자, 자신의 군사를 이끌고 궁예의 부하가 되었어요. 왕건도 궁예의 사람이 되었지요. 타고난 장수였던 왕건은 금세 많은 땅을 정벌하고 나날이 지위가 높아졌어요.

　그런데 어느 날부터인가 궁예가 이상했어요. 사람의 마음을 꿰뚫어 보는 능력이 생겼다면서 스스로를 신처럼 생각했지요. 가만히 있는 신하에게 다짜고짜 호통을 치기도 했어요.

　"네가 나를 해치려는 마음을 품고 있구나! 나는 다 보인다!"

　칼을 꺼내 그 자리에서 베어 버리는 일도 허다했지요. 신하들은 공포에 떨며 궁예와 눈조차 마주치려 하지 않았어요. 왕건에게도 위기가 찾아왔는데 꾀를 내서 겨우 목숨을 건졌답니다.

　충신이던 왕건도 무언가 잘못되었다고 느꼈지요. 이때 왕건을 따르던 부하들이 찾아와 새로운 나라를 세워 달라고 부탁했어요. 긴 고민 끝에 왕건은 마음의 결정을 내렸어요. 왕건은 918년에 궁예를 몰아내고 고려를 세웠어요.

　한편 후백제는 왕위를 둘러싸고 견훤의 아들들이 다투고 있었어요. 일이 자기들 마음대로 되지 않자 화가 난 아들들이 견훤을 절에 가두었지요. 겨우 도망쳤지만 갈 곳이 없었던 견훤을 왕건이 보살펴 주었어요. 견훤은 왕건의 편에 서서 자신의 나라인 후백제를 멸망시키는 데 힘을 보탰어요. 상황이 이렇게 되자 신라의 경순왕은 제 발로 찾아와 왕건에게 나라를 바쳤지요. 궁예의 부하였던 왕건은 후고구려와 후백제, 신라를 연달아 차지하고 마침내 삼국을 통일하게 되었답니다.

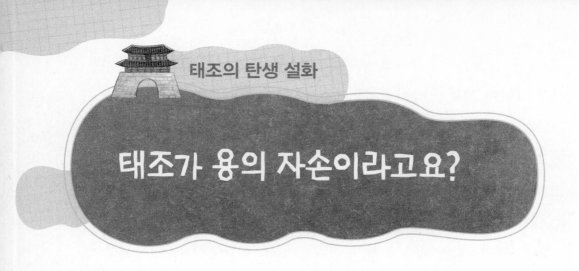

태조가 용의 자손이라고요?

　알에서 태어난 신라의 박혁거세, 큰 지렁이와 처녀 사이에서 태어난 후백제의 견훤 등 유명한 왕은 왜 평범하게 태어난 사람이 없을까요? 아니, 어떻게 사람이 알에서 태어나지요? 그런데 이들에게는 새로운 나라를 세운 왕이라는 공통점이 있답니다.

　고려를 세운 태조 왕건도 그랬어요. 왕건은 877년에 지금의 개성 지역에 해당하는 송악에서 왕융의 아들로 태어났어요. 왕융은 신라의 지방 호족이었어요. 여기까지 들으면 '음, 평범하게 태어났군.' 하고 생각하게 되지요. 하지만 이것이 다가 아니랍니다. 왕융과 혼인한 사람이 서해에 사는 용왕의 딸이라는 이야기가 있거든요. 그래서 왕씨 집안사람은 대대로 겨드랑이에 비늘이 돋아났다는 믿기 어려운 이야기가 전해지지요. 그래서인지 《고려사》에는 좀 더 그럴 듯한 이야기가 실려 있어요.

　왕융이 혼인을 해서 부인과 함께 살 때였어요. 통일 신라의 제일

가는 승려였던 도선이 지나던 길에 발걸음을 멈추고 중얼거렸어요.

"이곳에서 왕이 나시리라."

이상하게 여긴 왕융이 다가가자 도선이 말했어요.

"내가 일러 주는 대로 집을 지으면 왕이 될 귀한 아이가 내년에 태어날 것이오."

이 말을 남기고 도선은 홀연히 사라졌어요. 왕융은 도선이 일러 준 대로 집을 지었어요. 이듬해 부인이 정말로 사내아이를 낳았지요. 아이가 무럭무럭 자라 17세가 되던 해에 도선이 다시 찾아와 무술을 가르쳐 주었어요.

용의 자손이라는 것보다 훨씬 그럴듯한 이야기이지요? 옛날 사람들은 새로운 나라를 세운 왕이 평범한 사람이어서는 안 된다고 생각했어요. 누구도 그에게 함부로 도전할 수 없게 비범한 인물로 만들었답니다. 왕건의 탄생 설화도 그렇게 만들어졌지요. 그렇지 않으면 고려의 왕들은 모두 겨드랑이에 비늘이 있었게요?

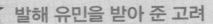

고구려의 후예에 대한 고려의 의리?

우리 역사에서 영토를 가장 많이 넓힌 왕은 누구일까요? 모두 입을 모아 광개토 대왕이라고 대답할 것이에요. 광개토 대왕은 북진 정책을 펼쳐 중국까지 땅을 넓혔고, 뒤를 이은 장수왕도 이름처럼 오래오래 살면서 고구려를 잘 다스렸어요. 비록 권력 다툼으로 나라가 약해지는 바람에 신라와 당 연합군의 공격을 받아 멸망했지만, 많은 나라가 고구려의 빛나는 전성기를 본받고 싶어 했지요. 고려 역시 고구려의 뜻을 이어 가고자 했어요. 하지만 사실 고구려의 후예는 따로 있었어요. 바로 발해였지요.

고구려 유민은 나라를 잃고 수십 년 동안 뿔뿔이 흩어져 살고 있었어요. 당의 힘이 약해지자 곳곳에서 반란이 일어나기 시작했어요. 고구려 유민 대조영은 이 기회를 놓치지 않고 흩어진 세력을 모아

698년에 발해를 세웠어요. 발해는 고구려의 후예답게 금세 드넓은 땅을 차지했어요. 바다 동쪽의 강대국이라는 뜻의 '해동성국'으로 불렸지만 926년에 거란의 침입으로 멸망하게 되었지요.

발해의 마지막 세자 대광현은 깊은 고민 끝에 결단을 내리고 발해 유민을 이끌고 고려로 향했어요. 태조는 그들을 받아들이고 대광현에게 '왕계'라는 이름을 내렸어요. 자신과 같은 성씨를 내린다는 것은 가족으로 맞이한다는 의미였지요.

태조는 발해가 고구려의 후예라는 사실 하나로 이런 호의를 베풀었을까요? 나라와 나라 사이의 관계는 생각보다 아주 복잡해요. 의리나 동정심이 아니라 여러모로 이익을 따져 신중하게 행동한답니다. 태조가 후백제의 견훤을 보살펴 준 일을 떠올려 보세요. 견훤이 태조의 편이 되어 후백제를 물리쳤지요?

태조는 발해 유민을 받아들여서 자신의 편을 많이 만들어 왕권을 강화시키고 나라의 힘을 키우려고 했던 것이랍니다.

태조가 낙타들을 굶겨 죽였다고요?

고려와 가까이 지내고자 거란에서 사신들과 함께 낙타 50마리를 선물로 보내왔어요. 무슨 영문인지 태조는 사신들을 섬으로 귀양 보내고, 낙타들은 개경의 만부교라는 다리 아래에 매어 두라고 명령했어요.

"폐하께서는 낙타들을 왜 여기에 매어 두라고 하시는 겐가?"

"그러게 말일세. 물 한 모금도 주지 말라는 엄명이 있으셨네."

낙타 50마리가 오줌똥을 아무 데나 싸자 금방 고약한 냄새가 풍겼어요. 신하들은 코를 막고 미간을 찌푸렸지요.

처음 며칠은 낙타를 가까이에서 보려는 구경꾼들로 북적였어요. 하지만 낙타들이 굶어 죽으면서 고약한 냄새가 진동하자 멀리 피해 다니기 시작했지요. 끔찍한 광경은 금세 입소문을 타고 거란의 귀에 들어갔어요. 호의를 짓밟히자 화가 난 거란도 고려를 적으로 돌리게 되었어요. 왕의 뜻을 알 수 없어 신하들이 혼란스러워 하자 태조는 이렇게 말했어요.

"거란은 약속과 의리를 지킬 줄 모르고 하루아침에 발해를 멸망시킨 나라이니 가깝게 지낼 수 없다!"

거란이 고려에 해를 끼친 것도 아닌데 태조는 왜 그랬을까요? 고려와 발해는 고구려의 뜻을 잇고자 세운 나라였어요. 거란이 926년에 발해를 멸망시키자 고려는 발해 유민을 받아들였지요. 거란은 세력을 넓히면서 이웃 나라들과 사이좋게 지내려고 선물을 보냈어요. 하지만 태조는 고구려 때의 넓은 땅을 되찾기 위한 북진 정책을 생각하고 있었어요. 북쪽의 땅을 차지하고 있는 거란은 언젠가 정복해야 할 적국일 뿐이었지요.

태조는 후대에 자신의 가르침을 전하기 위해 지은 〈훈요십조〉에서도 거란은 야만인의 나라이니 그들의 언어와 제도를 본받지 말라고 했답니다.

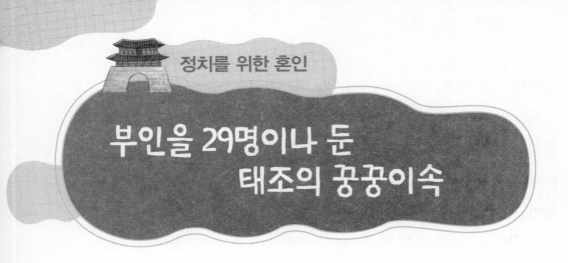

부인을 29명이나 둔 태조의 꿍꿍이속

태조는 자신을 반대하는 호족들 때문에 걱정이 많았어요. 이대로 있다가는 이름뿐인 왕이 될 것 같았지요. 강하게 나가자니 호족들의 반발을 살 것이 분명했고요. 하루빨리 호족들을 자기편으로 만들어야 했어요. 어느 날 태조가 신하들을 한자리에 모이게 했어요.

"중대한 발표를 하겠네."

"말씀하옵소서."

"곧 혼인을 올릴 생각이네."

신하들은 크게 놀랐어요. 갑자기 혼인이라니 도대체 태조는 무슨 꿍꿍이속이었을까요?

태조는 경기도, 전라도, 충청도, 황해도, 경상도 등 각 지역의 힘 있는 호족들의 딸과 혼인했어요. 호족들은 자신의 딸이 왕비가 되어 만족했고, 태조는 반대하던 호족들이 도리어 자신의 든든한 지원군이 되어 흡족했지요.

태조는 총 29명의 부인에게서 25명의 아들과 9명의 딸을 얻었어요. 그러나 무슨 일이건 지나치면 화를 부르는 법이에요. 둘째 부인 장화 왕후는 세력이 약한 호족의 딸이었는데 하필이면 맏아들을 낳았어요. 역사에서는 권력 다툼 때문에 서로 죽고 죽이는 일이 많이 일어났는데 아들이 25명이라니 더 말할 것도 없지요.

우여곡절 끝에 맏아들 혜종이 왕위에 올랐지만 병으로 일찍 세상을 뜨고 말았어요. 앉으나 서나 생명의 위협에 시달리던 혜종에게는 권력도 만병통치약이 될 수 없었나 봐요.

우리 집안의 맨 처음
조상이 살던 동네

수민이는 같은 반 경미네 집에 놀러 갔어요.

"친구가 참 예쁘게 생겼네. 이름이 뭐니?"

경미네 어머니께서 이름을 물으셨어요.

"정수민이에요."

"어머, 우리 경미랑 성이 같네? 수민이는 어디 정씨니?"

"네, 저는 경주 정씨입니다."

"본관은 다르네? 우리 경미는 동래 정씨야."

수민이와 경미는 서로 성은 같지만 본관이 다르다는 것을 알게 되었어요.

본관은 그 성씨가 생겨난 곳을 이르는 말이에요. 경주 정씨는 경주에, 동래 정씨는 동래에 조상들이 살았다는 뜻이지요. 이런 본관은 언제, 왜 생겨났을까요?

태조는 호족을 견제해야 했지만 지방의 모든 고을마다 중앙의 관리를 보내 다스릴 수는 없었어요. 그래서 각 지방에서 힘 있는 집안을 뽑아 본관을 내렸지요. 본관을 받은 집안에는 그들이 사는 지역을 다스릴 권한

이성계의 호적 고려 말에 작성된 호적으로, 본관이 전주 이씨라고 적혀 있어요.

을 주었어요. 대신 다른 지역으로 함부로 이사를 다닐 수 없었지요. 이리저리 옮겨 다니면 효과적으로 통제하고 다스리는 데 어려움이 생기니까요. 나중에는 아예 한 고을 전체에 본관 제도를 적용하기도 했어요. 되도록 많은 백성을 고을과 묶어 부역과 세금을 제때 거두기 위해서였지요.

처음부터 같은 성씨끼리만 모여 산 것이 아니니까 성은 같아도 본관은 다른 경우가 많아요. 또 김해 김씨와 김해 허씨같이 본관은 같은데 성이 다른 경우도 있답니다.

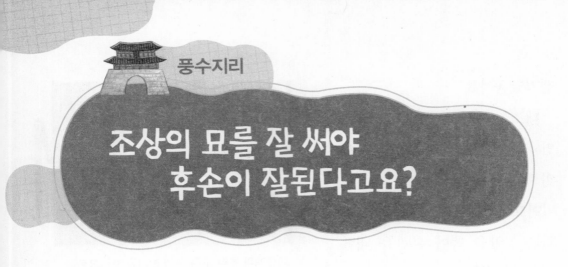

조상의 묘를 잘 써야
후손이 잘된다고요?

집안에 안 좋은 일이 연달아 일어나면 어른들이 이런 말씀을 하시기도 해요.

"혹시 조상님 묏자리를 잘못 쓴 거 아닐까?"

우리 선조들은 좋은 자리에 조상을 모시는 것을 후손의 도리로 생각했어요. 그래야 조상이 후손들을 굽어살펴 집안의 모든 일이 잘 풀린다고 믿었지요.

풍수지리는 땅의 형세에 따라 사람의 길흉화복이 정해지기 때문에 좋은 자리에 터를 잡아야 복을 누리게 된다는 이론이에요. 방향, 산, 땅, 물의 기운이 조화로운 자리를 명당으로 쳐주었지요.

오랜 세월 농사를 짓다 보면 농사를 짓기에 좋은 자리를 터득하게 되지요. 뒷산에서 시원한 바람이 불어오고 따사로운 볕이 들며 집 앞에 냇물이 흐르는 집이라면 누구나 살고 싶지 않을까요? 이렇듯 풍수지리는 거창한 것이 아니었어요. 자연과 더불어 살다 보면

저절로 깨닫게 되는 이치였지요.

풍수지리가 우리나라에 처음 알려진 때는 삼국 시대였어요. 신라 말 승려 도선이 발전시켜 고려 시대에 전성기를 맞이했지요. 풍수지리는 크게 좋은 묏자리와 집터를 찾는 두 가지로 나뉘었는데 특히 일반 집터보다 절터를 더 중요하게 생각했어요. 풍수지리의 대가들도 거의 승려였지요.

집터와 절터가 이 정도인데 수도의 위치는 얼마나 중요하겠어요? 수도의 위치에 따라 나라의 운명이 달려 있다고 믿었던 만큼, 고려의 수도 개경은 풍수지리로 보았을 때 아주 좋은 자리였다고 해요.

태조는 후대에 전하는 가르침인 〈훈요십조〉에서도 풍수지리의 중요성을 강조했어요. 심지어 훗날 풍수지리 때문에 반란이 일어나기도 하니 고려 시대에 풍수지리가 얼마나 중요했는지 알 수 있지요.

<훈요십조>

8조의 내용이 이상해요!

　어느덧 태조는 나이가 들어 죽음을 앞두게 되었어요. 자신의 뒤를 이을 왕들이 고려를 잘 다스릴지 않으나 서나 걱정했어요. 그래서 아끼는 신하인 박술희를 불러 <훈요십조>를 만들었답니다.

　<훈요십조>를 살펴보면 불교와 풍수지리를 중시하고 백성을 아꼈던 태조의 마음을 읽을 수 있어요. 그런데 8조에 지금의 차령산맥에 해당하는 차현의 이남과 지금의 금강에 해당하는 공주강의 바깥쪽의 사람은 관리로 뽑지 말라는 말이 있어요.

　그곳은 바로 후백제 지역이었어요. 이는 끝까지 고려에 대항했던 후백제 사람들을 관리로 뽑지 않으려 했다는 것을 알려 주지요. 하지만 실제로는 이 지역 출신 관리들이 많아서 나중에 누군가 고쳤다고 의심을 받기도 한답니다. 아마도 우리가 모르는 그 당시의 상황이나 태조의 뜻을 후대 사람들이 오해한 것이겠지요. 그럼 <훈요십조>를 한번 볼까요?

〈훈요십조〉

1. 우리나라는 부처의 도움으로 이루어졌으니 불교를 장려하라.
2. 승려 도선이 정한 곳 이외에 함부로 절을 짓지 마라.
3. 맏아들에게 왕위를 물려주는 것이 원칙이지만, 그가 못났으면 자격이 있는 다른 아들에게 물려주어라.
4. 당의 풍습을 너무 따를 필요는 없고, 거란의 풍속은 아예 본받지 마라.
5. 서경은 중요한 곳이니 한 해에 100일 이상 머물도록 하라.
6. 연등회와 팔관회를 잘 치르라.
7. 신하의 바른말을 새겨듣고, 부역과 세금을 가볍게 해서 백성을 잘 돌보라.
8. 차현 이남과 공주강 바깥쪽의 사람은 관리로 뽑지 마라.
9. 관리의 봉급을 함부로 줄이거나 늘리지 마라.
10. 경전과 역사책을 보면서 옛일을 교훈으로 삼아라.

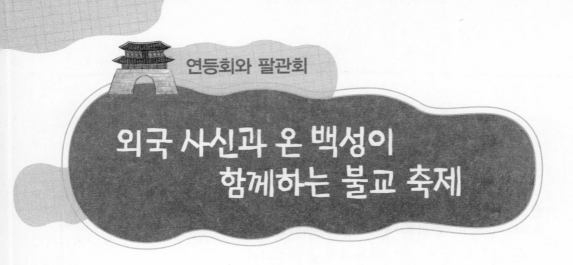

연등회와 팔관회

외국 사신과 온 백성이 함께하는 불교 축제

고려 시대의 국교는 불교였어요. 〈훈요십조〉를 보면 연등회와 팔관회를 잘 치르라는 당부가 있지요. 연등회와 팔관회는 신라 진흥왕 때 시작되어 고려 시대에 국가 행사로 자리 잡았어요. 그러다가 고려 제6대 왕 성종 때 유교 중심 정책을 펴면서 폐지되었다가, 제8대 왕 현종 때부터 다시 해마다 치렀지요.

연등회는 등불을 밝혀 부처의 공덕을 기리는 행사였어요. 음식과 술을 차리고 왕과 신하가 한데 어우러져 음악과 춤을 즐겼어요. 처음에는 정월 대보름에 행해지다가 현종 때 음력 2월 15일로 날짜를 옮겼지요. 연등회는 점차 궁궐을 벗어나 온 백성의 축제로 자리 잡았어요. 온 나라 곳곳에서 수많은 등불을 밝히고 밤새도록 행렬을 지어 돌아다니며 소원을 빌었어요.

팔관회는 나라와 왕실의 복을 비는 행사였어요. 음력 10월 15일에는 서경에서, 음력 11월 15일에는 개경에서 열렸지요. 팔관회 역시 점차 불교뿐만 아니라 다른 종교와 어우러져 온 세상의 태평을 비는 축제가 되었어요. 연등회와 크게 다르지 않았는데, 다만 송나라, 여진, 탐라에서 온 해외 사절단이 축하 선물을 바치고 교류하는 국제적인 행사였다는 점에서 좀 더 예와 격식을 갖추었어요. 그래서인지 지방 곳곳에서 함께했던 연등회와 달리 팔관회는 주로 개경과 서경에서만 열렸답니다.

연등회는 오랜 세월 변화를 겪으며 오늘날까지 이어지고 있어요. 해마다 석가 탄신일을 앞두고 길거리에 연꽃 모양의 등을 매달아 놓은 것을 볼 수 있답니다.

혜종이 일찍 죽은 까닭은?

학원도 가야 하고 숙제도 많은 날, 하필이면 친한 친구와 싸웠어요. 정말 기분이 최악이에요. 그런데 현관에 들어서자 엄마의 화난 얼굴이 보였어요.

"방 꼴이 저게 뭐니? 돼지가 '형님' 하겠다!"

아, 스트레스! 머리가 지끈거리고 울고 싶은 심정이지요. 그런데 제2대 왕이 된 혜종이 받았던 스트레스에 비하면 이 정도는 아무것도 아니랍니다.

혜종은 왕위를 노리는 자들에게 시달렸어요. 그중 특히 호족 출신인 왕규가 위협적이었어요. 왕규는 자신의 외손자인 광주 원군을 왕으로 세우려고 했어요. 개국 공신인 왕규는 원래 함씨였는데 태조가 왕씨 성을 내려 주었지요. 두 딸을 태조와 혼인시켰는데 둘째 딸이 낳은 아들이 광주 원군이에요.

어느 깊은 밤, 혜종의 처소에 자객이 들었어요. 가까스로 화를 면한 혜종은 누구의 짓인지 알아챘어요. 얼마 후에는 왕규가 부하들을 거느리고 혜종의 처소로 숨어들었어요. 하지만 혜종은 신하 최지몽의 도움으로 이미 잠자리를 옮긴 후였지요.

왕위를 둘러싼 싸움이 얼마나 심했는지 혜종의 이복동생인 왕요와 왕소 역시 기회를 엿보고 있었어요. 혜종은 앉으나 서나 생명의 위협에 시달렸어요. 왕이 되자마자 왜 시름시름 앓다가 세상을 떴는지 이제 이해가 가지요?

945년, 왕규의 난이 일어났어요. 그러자 왕요는 서경에 있던 왕식렴의 군사를 궁궐로 불러들여 왕규를 멀리 귀양 보냈어요. 그 후 왕규와 그의 무리를 모두 죽이고, 혜종의 후견 세력인 박술희도 없앴지요. 결국 왕요는 제3대 왕 정종이 되었어요.

그런데 왕규의 난이 실은 왕식렴의 난이었다는 의견도 있어요. 왕위를 이어받을 가능성이 가장 높았던 왕요를 지지했던 자가 왕식렴이거든요.

왕위를 차지한 정종이 왕규에게 죄를 덮어씌운 것일까요? 역사는 승자의 기록이기 때문에 우리로서는 진실을 알 수 없어요. 하지만 이 모든 일이 혜종의 힘이 약해서 일어난 비극이라는 점은 변함이 없답니다.

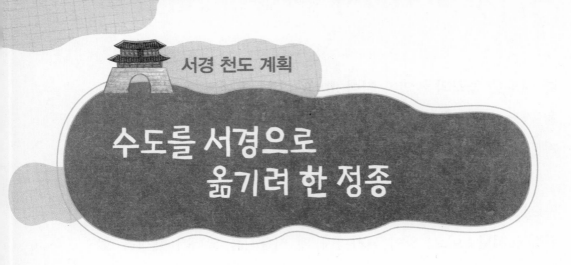

수도를 서경으로 옮기려 한 정종

치열한 권력 다툼 끝에 오른 왕위여서 그런지 정종은 찜찜한 기분이 들었어요. 개경에는 호족을 비롯해 이전의 왕들과 인연이 깊은 공신과 외척이 많았어요. 자신도 혜종처럼 될지 모른다는 생각에 불안했지요.

정종은 고구려 땅을 회복하겠다는 명분을 내세워 수도를 개경에서 지금의 평양에 해당하는 서경으로 옮기기로 했어요.

이 소식을 들은 개경 백성들은 여기저기서 웅성거렸어요.

"개경에서 서경으로 수도를 옮긴다는군."

"서경에 궁궐을 짓는다네그려."

누군가 큰소리로 불만을 말했어요.

"결국 우리더러 무거운 돌덩어리를 나르면서 죽어라 고생하라는 이야기잖아!"

하지만 개경 백성들의 반대에도 일은 진행되었어요. 수많은 백성이 부역에 동원되어 개경 안이 휑해졌어요. 엄청난 양의 자재와 식량도 필요했지요. 개경 백성들의 불만이 치솟았어요. 개경에서 오랫동안 뿌리를 내려온 세력들도 반발했지요.

그런데 예기치 못한 일이 생겼어요. 정종이 갑작스레 병에 걸렸거든요. 시름시름 앓던 정종이 세상을 뜨면서 서경 천도 계획은 물거품이 되었어요. 겨우 즉위 4년 만의 일이에요. 《고려사》에는 정종이 죽었을 때 백성들이 기뻐했다는 기록이 남아 있어요. 참 씁쓸한 일이지요. 모두가 반대하는 일을 밀어붙이며 정종이 꿈꾸던 세상은 어떤 것이었을까요?

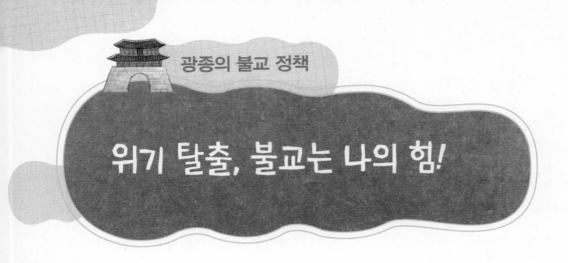

위기 탈출, 불교는 나의 힘!

정종이 죽고, 그의 동생 왕소가 제4대 왕 광종이 되었어요. 광종은 아버지인 태조의 명복을 비는 대봉은사라는 절을 지었어요. 어머니인 순명신성 왕후를 기리는 불일사와 숭선사도 지었지요. 광종은 절을 지어 자신이 고려 왕실의 진정한 후계자라는 것을 온 천하에 알렸어요.

광종은 불교 정책에도 관심이 많았어요. 불교를 일으키는 데 힘을 쏟아 백성의 마음을 얻고자 했지요. 그 당시에는 불교의 종파가 다양했어요. 광종은 이를 크게 교종과 선종, 두 종파로 정리했어요. 그리고 교종의 입장에서 선종을 존중하는 천태학을 강조하며 두 종파의 대립을 극복하려고 노력했어요.

광종은 불교의 진흥 말고도 많은 업적을 이루었지만 부작용도 있었어요. 노비안검법이 실시되면서 노비들이 자유를 찾으려고 주인을 모함하기 시작했어요. 이런 분위기를 틈타 조정에서도 자신의 적을 없애 버리려고 거짓으로 꾸미는 일이 끊이지 않았어요. 광종 역시 이 기회에 왕권의 힘을 키우고자 호족을 없애기 시작했지요. 무자비한 숙청이 계속되면서 분위기가 흉흉해졌어요. 뒤늦게 사태의 심각성을 깨달은 광종은 자기편을 만들 방법을 불교에서 찾았답니다.

광종은 귀법사라는 절을 짓고 가난한 사람을 도우며 아픈 사람을 치료해 주는 기관인 제위보도 설치했어요. 고려의 이름난 승려들이 음식을 차려 죽은 사람의 넋을 위로하는 등 백성을 위한 각종 법회도 열었어요. 불교로 백성의 마음을 모아 자신의 지지 기반으로 삼으려 했지요. 시작부터 끝까지 광종과 불교는 떼려야 뗄 수 없는 관계였답니다.

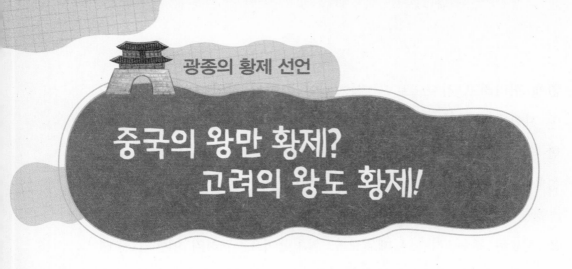

중국의 왕만 황제?
고려의 왕도 황제!

"고려의 왕은 이제부터 황제다! 덕을 밝게 비춘다는 뜻의 '광덕'을 연호로 쓰겠다."

949년, 광종은 왕위에 오르면서 고려가 황제 국가라고 선포했어요. 왕을 황제라 칭하고 독자적인 연호를 쓰기로 했답니다. 모두 놀라움을 금치 못했어요. 이는 아주 용감한 일이었어요.

당시 동북아시아의 중심은 중국이었어요. 중국의 왕만이 황제라는 칭호를 썼고, 우리나라를 비롯한 주변국들은 왕이라는 칭호를 써야 했어요. 연호 역시 중국 전한의 제7대 황제 무제가 '건원'이라는 연호를 처음 사용한 데에서 비롯되었어요. 주변국의 왕은 당시 중국 황제의 연호를 그대로 따라 써야 했지요.

우리나라에서는 고구려의 광개토 대왕이 '영락'이라는 독자적인 연호를 처음 썼어요. 그 후 신라의 법흥왕과 발해의 무왕 등 몇 명의 왕만이 연호를 썼지요. 고려를 세운 태조 이후에는 연호를 쓰지 않다가 광종이 왕이 되면서 독자적인 연호를 쓰게 되었어요. 광종은 '광덕', '준풍' 등의 연호를 쓰면서 고려가 자주적인 나라임을 세상에 널리 알렸어요.

그런데 여기에서 국제 정세에 따라 발 빠르게 대처한 광종의 영리함을 알 수 있어요. 광덕이라는 연호를 썼을 때 중국에서는 후한이 멸망하고 후주가 세워지던 시기였어요. 광종은 후주와 외교 관계를 가지면서는 그들의 연호를 따랐지요. 후주가 멸망하고 송나라가 건국되던 시기에는 다시 준풍이라는 독자적인 연호를 썼어요. 그러다가 송과 국교를 시작하면서부터 다시 송의 연호를 따랐어요.

이처럼 광종은 중국에 자주적인 목소리를 높이면서도 좋은 관계를 유지하려고 노력했어요. 왕의 권위를 높이고자 스스로 황제라 칭하고 독자적인 연호를 쓴 광종의 포부가 느껴지지 않나요?

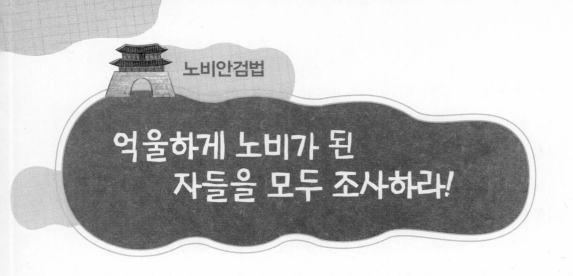

억울하게 노비가 된 자들을 모두 조사하라!

어느 무더운 여름날, 한 노비가 일을 하고 있었어요. 그때 깨끗한 옷차림의 사내 둘이 다가와 물었어요.

"당신이 저 집의 노비요?"

"네, 그러합니다."

"당신이 억울하게 노비가 되었다던데?"

먼지로 얼룩진 노비의 얼굴에 두 줄기 눈물이 흘렀어요. 사내 둘이 노비에게 이것저것 묻더니 무엇인가를 적었어요. 노비는 어안이 벙벙했어요. 도대체 어떻게 된 일이었을까요?

광종은 매우 특별하고 파격적인 법을 만들었어요. 이름하여 노비안검법! 억울하게 노비가 된 양인을 조사해서 원래 신분을 돌려주는 법이지요. 고려가 세워진 후 뒤죽박죽이 된 신분 질서를 정리해야 한다는 명분을 내세웠지만 실은 다른 뜻이 있었어요.

고려 초기에 호족은 어수선한 틈을 타서 자신의 노비를 늘렸어요. 전쟁 포로나 빚을 갚지 못한 사람을 노비로 만들었지요. 호족은 노비를 부려 농사를 짓고 자신을 지키게 했어요. 노비는 호족의 힘이자 재산이었지요. 그래서 노비가 많은 호족은 왕에게 매우 위협적이었어요.

노비안검법으로 많은 노비가 다시 양인이 되었어요. 노비가 양인이 되자 그들은 세금을 내게 되었어요. 덕분에 나라의 살림은 넉넉해지고 노동력을 잃은 호족의 힘은 줄어들었지요.

노비들의 사연을 일일이 조사해서 신분을 되돌려 주다니, 정말 대단한 일이지요?

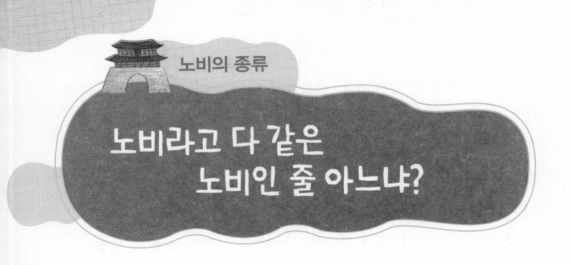

노비라고 다 같은 노비인 줄 아느냐?

고려 시대의 노비는 벼슬길에 나갈 수도, 승려가 될 수도 없었어요. 부모 중 한 사람이 노비이면 그 자식도 노비가 되었어요. 태어날 때부터 이미 신분이 정해져 있었지요.

그런데 노비라고 다 같은 처지는 아니었어요. 노비는 크게 공노비와 사노비로 나뉘었어요. 공노비는 국가 기관에 속한 노비예요. 이들은 일한 대가를 받아 세금도 내고 가정을 꾸릴 수도 있었지요.

사노비는 개인이 소유한 노비예요. 주인의 호적에 나이, 부모의 신분 등을 올렸지요. 재산이나 마찬가지라 사고팔거나 자손에게 물려줄 수 있었어요. 사노비는 법의 보호 밖에 있어서 주인은 노비에게 어떤 행동을 해도 괜찮았어요. 노비는 국가 반역죄 외에는 어떤 일로도 주인을 관청에 고발할 수 없었지요.

사노비는 솔거 노비와 외거 노비로 나뉘었어요. 솔거 노비는 주인집에 함께 살면서 집안일을 도맡아서 했어요. 우리가 익숙하게 생각하는 노비의 모습이에요. 솔거 노비는 세금과 병역의 의무가 없어서 나라에서도 점차 문제가 되었지요.

외거 노비는 주인과 따로 살면서 농사를 짓고 그 세를 주인에게 냈어요. 가정을 꾸리고 재산을 모아 양인처럼 살 수 있었어요. 집이나 땅을 소유할 수도 있고 심지어 노비를 소유할 수도 있었지요.

같은 노비끼리도 처지가 다르고 생활이 갈리다니 억울하지 않았을까요?

집안도 신분도 상관없어요!

중국에서 귀화한 쌍기라는 사람이 광종에게 건의했어요.

"폐하, 과거 제도를 실시해서 새로운 인재를 뽑으셔야 하옵니다."

"시험을 보아 관리를 뽑는다? 그거 좋은 생각이구려."

쌍기의 건의는 광종에게 듣던 중 반가운 이야기였어요. 노력 없이 관직을 얻은 호족 세력을 견제하고, 유능한 인재들로 조정을 채워서 왕권을 강화할 수 있는 기회였지요. 그리하여 958년에 처음으로 과거 제도가 실시되었어요. 양인 이상이면 누구나 능력에 따라 관리가 되어 출세할 수 있는 길이 열린 것이지요.

　과거 시험은 크게 문과와 잡과 두 가지로 나뉘었어요. 문과는 명경업과 제술업으로 나뉘고, 잡과는 의업과 복업으로 시작해서 차차 종류가 다양해졌어요.

　같은 문과여도 명경업은 유교 경전에 대한 이해도를 평가하는 가장 어려운 시험이었어요. 제술업은 시와 문장 솜씨를 평가하는 시험이었지요. 잡과는 의학, 천문, 지리 등 오늘날 전문직에 속하는 여러 분야를 평가하는 시험이었고요. 당시는 문예를 중시했기 때문에 제술업 시험에 합격하는 것을 가장 높게 쳐주었어요. 상대적으로 잡과는 인기가 떨어졌다고 해요. 과거 제도는 조선 시대까지 유지되면서 시험 분야가 늘어나고 시대에 맞게 변했답니다.

　그렇다고 모든 관리를 과거 시험으로 뽑은 것은 아니에요. 과거 시험을 보지 않아도 5품 이상 고위 관리의 자식에게 벼슬을 주는 음서 제도가 있었어요.

　또한 과거 제도가 실시되었다고 해서 당장 양인에게 출셋길이 열리는 것은 아니었어요. 시험을 보려면 오랫동안 공부를 해야 하는데 먹고살기에 바빠서 공부할 시간이 없었지요. 양인은 그나마 시험을 볼 자격이라도 있었지만 천민은 자격조차 없었고요. 과거 제도는 신분 사회의 현실적인 어려움이 많이 따랐답니다.

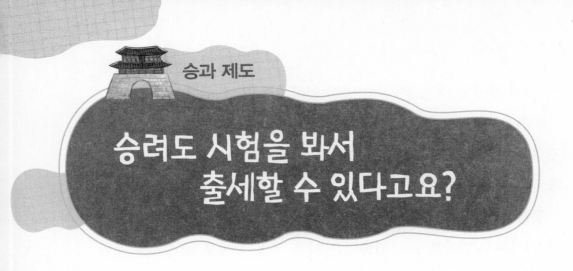

승려도 시험을 봐서 출세할 수 있다고요?

광종이 과거 제도를 시행할 때 특별한 시험이 함께 생겨났어요. 이름하여 승과! 승려를 선발하는 과거 제도이지요.

승과 제도에는 교종의 승려를 선발하는 교종선과 선종의 승려를 선발하는 선종선 두 종류가 있었어요. 합격자에게는 교종, 선종 구별 없이 대선이라는 초급 법계를 주었어요. 대선부터는 대덕, 대사, 중대사, 삼중대사 순으로 높아질 수 있었어요. 삼중대사 위로는 교종에는 수좌와 승통, 선종에는 선사와 대선사가 있었지요.

승과 제도가 어느 정도 자리 잡혔을 때, 광종은 오랜 시간 수양한 승려 가운데 깨달음의 경지에 다다른 이들을 묵혀 두기에 아깝다는 생각이 들었어요.

"내 친히 왕사와 국사를 뽑아 온 백성의 본보기로 삼겠다."

승과 제도가 생긴 지 10년 만에 '이사 제도'가 생겼어요. 교종과 선종에서 가장 높은 자리인 승통이나 대선사 승려를 대상으로 왕사와 국사를 뽑는 제도였지요. 통일 신라 말에도 왕사나 국사를 모신 일이 있지만 제도로 만든 것은 처음이에요. 왕의 스승인 왕사와 온 백성의 모범이 되는 국사는 나라와 왕실에 조언을 할 수 있었어요. 승려로서 오를 수 있는 최고의 자리였어요.

최초의 국사는 승려 혜거였고, 왕사는 승려 탄문이었어요. 탄문은 귀법사를 지키며 광종의 지지 기반을 마련하는 일에 힘썼지요.

승과 제도는 승려의 지위를 법적으로 보장하려는 숭불 정책의 하나였답니다.

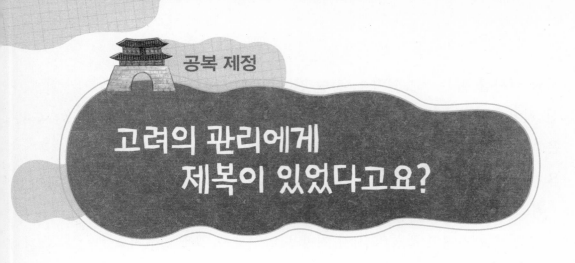

고려의 관리에게 제복이 있었다고요?

아침 일찍부터 광종은 뜰을 거닐고 있었어요. 매우 검소한 차림의 관리가 예를 갖추고 지나갔어요. 광종은 고개를 갸웃했어요.

"저자의 직위는 3품이 아니던가?"

"맞사옵니다, 폐하."

그때 한 관리가 들어서며 광종에게 예를 갖추었어요. 옷의 자태가 남달랐어요.

"저자는 차림만 보아서는 나보다도 상전이로구나."

광종은 그때부터 드나드는 관리들의 옷차림을 유심히 살폈어요. 직위가 높아도 검소한 자의 옷차림은 남루할 정도였고, 그보다 직위가 낮아도 집안이 부유한 자는 옷차림이 휘황찬란했어요. 심지어 신라 출신의 관리와 후백제 출신의 관리는 예전 예복을 그대로 입고 있기도 했어요. 광종은 기가 막혔지요.

"이렇게 뒤죽박죽이어서야 궁궐 안의 질서가 바로 서겠느냐! 모든 관리의 공복을 정하라!"

당시 관리의 옷차림은 자유로웠어요. 겉으로 보아서는 직위를 구별할 수 없었지요. 광종은 관리의 질서가 무너지면 왕권도 약해진다고 생각했어요. 그래서 공복을 정해서 조정의 질서를 바로잡기로 했지요.

우선 상황에 따라 제복, 조복, 공복, 상복 등을 입게 했는데, 그중 공복은 조정에 나갈 때 차려 입는 옷으로 늘 입는 평상복이었어요.

마침내 궁궐 안 모든 관리의 공복이 완성되었어요. 품계에 따라 네 가지 색으로 분류해서 직위가 높은 순서대로 자주색, 붉은색, 주황색, 초록색의 공복을 입게 되었답니다.

공복을 제정하고 첫 조정 회의 날, 광종이 들어서자 공복을 차려 입은 관리들이 질서 정연하게 서서 예를 갖추었어요. 비로소 개인의 집안 출신보다 왕이 뽑은 관직이 더 두드러지게 되었답니다.

복수법

복수해도 된다고요?

　눈에는 눈, 이에는 이! 함무라비 법전에 나오는 이야기예요. 가끔 정말 나쁜 짓을 저지른 사람을 보면 똑같이 해 주고 싶다는 마음이 들기도 하지요. 그런데 이런 마음을 현실로 옮긴 사람이 있었어요.

　그 사람은 광종의 뒤를 이은 제5대 왕 경종이었어요. 태자 시절, 경종은 누군가에 의해 왕위를 노린다고 모함을 받아 죽을 뻔했던 일이 있었어요. 광종에게는 아들이 경종뿐이라 다행히 화를 면하게 되었지만요.

　죽음의 공포에 떨어야 했던 경종은 왕위에 오르자마자 귀양을 간 사람과 옥에 갇힌 사람을 풀어 주었어요. 죄인이 너무 많아 임시로 지었던 감옥도 모두 헐어 버렸어요. 잃었던 관직을 돌려주고 백성의 세금을 낮추어 주었지요. 광종의 공포 정치로 왕실에 등 돌린 호족을 달래어 과거 시험으로 뽑은 관리와 화합하게 했고요. 이때 그것만으로는 부족하다고 느낀 호족 출신 왕선이 한 가지 청을 올렸어요.

"폐하, 억울하게 죽은 이들의 넋을 달래기 위해 그 후손이 직접 복수하게 하시옵소서."

경종은 이 어마어마한 청을 허락했어요. 이 선택이 어떤 끔찍한 결과를 가져올지 짐작도 못한 채요.

사람들은 억울한 상대에게 직접 복수를 하기 시작했어요. 하지만 복수는 또 다른 복수를 불러올 뿐이었지요. 결국 억울하게 죽는 사람들이 생겨나고, 서로를 믿지 못해 고려는 큰 혼란에 빠졌어요.

그러던 중 왕선이 태조의 아들인 효성 태자와 원녕 태자를 죽이는 일이 벌어졌어요. 경종에게는 삼촌들이었지요. 정신이 번쩍 든 경종이 복수법을 금지하고 왕선을 귀양 보내면서 1년 동안 이어진 복수전이 겨우 막을 내렸어요. 복수에는 끝이 없다는 점을 생각하지 못한 경종의 큰 실수였답니다.

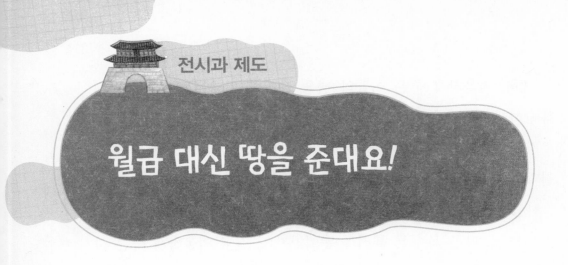

월급 대신 땅을 준대요!

976년, 경종은 관리의 직위에 따라 '전지'와 '시지'를 알맞게 나누어 주는 전시과라는 토지 제도를 만들었어요. 이를 시정전시과라고 해요. 전지는 농사지을 땅, 시지는 땔감을 구할 산을 뜻했는데, 처음에는 관리들이 잘 이해하지 못했어요.

"이번 달 월급은 언제 받을 수 있습니까?"

"어허, 앞으로 월급은 전시로 대신한다는 폐하의 명을 모르는가?"

"월급 대신 땅과 산을 주신다고요? 그럼 저희더러 농사짓고 땔감을 구하라는 말씀이신가요?"

"이런 어리석은 사람을 봤나. 자네 땅이지만 자네 땅이 아니네!"

무슨 뚱딴지같은 소리냐고요? 당시에 양인은 농사를 지으면 나라에 세금을 냈어요. 그런데 나라에서 관리에게 그 땅을 전지로 주면 관리는 그 세금을 가지게 되는 것이지요. 관리는 땅이 아니라 땅에서 거두는 세금에 대한 권리만 있었어요.

처음에 전시는 관리의 직위와 인품을 함께 고려해서 나누어 주었어요. 관직이 낮아도 인품이 훌륭하면 많은 땅을 받을 수 있다니 기준이 애매하지요? 이에 목종은 관직만을 기준으로 삼게 고쳤어요. 이를 개정전시과라고 해요. 전시과는 잘 운영되는 것 같았어요.

그런데 세월이 흘러 문종 때 예상치 못한 문제에 부딪혔어요. 나누어 줄 땅이 남아 있지 않게 된 것이에요. 땅은 한정되어 있는데 관리를 계속 뽑으니 당연한 일이었어요. 또한 원래 관리가 죽으면 땅을 반납해야 하는데, 5품 이상 관리의 자식은 음서 제도로 과거를 보지 않고도 관리가 되어 그 땅을 이어받았거든요. 문종은 1076년에 제도를 다시 고쳐 경정전시과를 정착시켰어요. 관리가 그만두는 즉시 땅을 반납하게 했고 나누어 주는 땅도 줄였답니다.

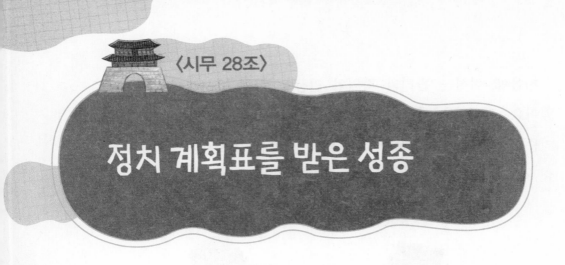

<시무 28조>

정치 계획표를 받은 성종

제6대 왕 성종은 나라를 잘 이끌어 갈 계획을 세우기가 너무 어려웠어요.

"5품 이상의 관리는 좋은 의견이 있거든 상소문을 올리도록 하라."

며칠 후 최승로가 상소문을 올렸어요. 상소문에는 태조에서 경조까지 다섯 왕에 대한 평가와 지금 해야 할 정책인 <시무 28조>가 적혀 있었지요. 거기에는 왕이 지녀야 할 덕목과 조정의 질서, 종교 문제, 민생 문제, 사회 제도 문제 등이 상세히 담겨 있었어요.

왕은 신하들에게 예를 갖추고 따뜻하게 대하며, 늘 감정에 휘둘리지 않고 일을 처리하면 존경을 받게 될 것입니다. 관리를 공정히 선발하시고, 관리의 옷과 백성의 옷을 달리하십시오. 궁궐 안에는 꼭 필요한 만큼의 노비, 궁녀, 말을 두어 사치하지 마십시오. 지방 호족이 백성을 괴롭히지 못하도록 관리를 보내서 백성을 보호하셔야 합니다. 연등회와 팔관회는 나랏돈과 백성의 부담이 크므로 삼가셔야 합니다. 부모와 자식 사이의 도리를 엄하게 따지고, 양인과 천민의 구별을 뚜렷이 해서 아랫사람이 윗사람을 모욕하지 못하게 하셔야 합니다.

〈시무 28조〉의 핵심은 불교로 마음가짐을 바로 하되, 정치와 제도는 유교를 따라야 한다는 것이에요. 최승로는 이를 바탕으로 강력한 중앙 집권 국가를 만들어야 한다고 강조했어요. 왕과 신하, 왕과 백성, 양인과 천민, 부모와 자식 사이의 도리도 강조했고요.

성종은 일리 있는 내용이라고 생각했어요. 그래서 연등회와 팔관회가 성종 때 잠시 폐지되기도 했지요. 성종이 유교 중심의 정치를 편 데에는 최승로가 큰 영향을 끼쳤답니다.

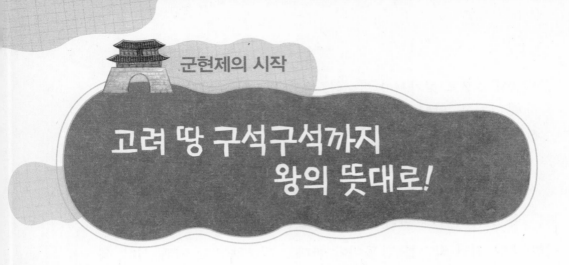

고려 땅 구석구석까지 왕의 뜻대로!

　고려 초기의 왕들은 어수선한 나라를 통제하지 못해서 골치를 앓았어요. 지방 호족의 눈치를 보느라 중앙에서 관리를 보내는 것도 어려웠지요. 최승로가 성종에게 건의했어요.

　"삼국 시대부터 실시되어 온 군현제를 새롭게 정비해서 나라의 기틀을 마련하소서."

　군현제는 전국을 군과 현으로 나누고 관리를 보내서 왕이 직접 통치하는 제도였어요. 983년, 성종은 전국 주요 지역에 12목을 설치하면서 군현제를 실시했어요. 목은 오늘날 광역시에 해당하는 행정 단위예요. 그 당시 고려는 5도와 양계, 경기로 지역이 나뉘어 있었는데, 각 도에 주·군·현을 설치하고 지방관을 보냈어요. 지방 행정 조직을 체계적으로 만들어 중앙 집권 체제를 세웠지요.

　이 과정에서 고려의 건국과 후삼국 통일에 공을 세운 사람들의 고향은 승격시키고 협조를 잘하지 않고 말썽을 부렸던 지역은 강등시켰어요. 군·현 외에 향·소·부곡이라는 특수 구역이 있었는데, 군·현의 지위가 떨어지면 향·부곡이 될 수도 있었지요. 아주 작은 군·현이 있는가 하면 그보다 몇 배는 더 큰 향·부곡도 생기게 되었어요. 명칭과 규모가 맞지 않게 되면서 뒤죽박죽이 되었답니다.

　오늘날에는 도시의 인구가 100만 명이 넘고 독립적으로 운영할 수 있으면 광역시로 승격되지요. 그런데 고려는 이렇게 행정 구역을 나누는 명확한 기준이 없었답니다. 군현제는 오랜 시간 시행착오를 거쳐 현종 때에야 겨우 자리를 잡았어요.

농민이 백정이라고요?

우리는 누구나 평등하다고 배웠어요. 부자가 가난한 사람보다 위에 있다고 생각하지 않아요. 직업에도 귀천이 없어요. 자신이 좋아하는 일을 열심히 하면서 사회의 구성원으로 활약하고 있지요. 그런데 고려 시대에는 농사를 짓는 사람이 공무원보다 신분이 낮았어요. 신분을 나누는 기준이 도대체 무엇이었을까요?

고려의 백성은 귀족, 중류층, 양인, 천민으로 나뉘었어요. 귀족과 중류층이 지배층이었고, 양인과 천민이 피지배층에 속했지요.

귀족은 왕족과 5품 이상의 고위 문신과 고위 무신으로 이루어져 있었어요. 하지만 문신을 우대하고 무신을 천시하는 분위기 속에서 자연스럽게 귀족은 문신이 중심을 이루게 되었어요.

중류층은 중앙 관청의 말단 서리, 궁중의 실무를 담당하는 남반, 지방 행정의 실무를 담당하는 향리, 하급 장교인 군반 등 주로 국가 기관에서 일을 하는 직위가 낮은 사람이었어요. 지방에 사는 호족

중에도 중류층에 속하는 사람이 있었지요.

양인은 농업, 상공업 등에서 일하는 평민을
이르는 말이었어요. 그중 농사지으며 살아가
는 농민이 가장 많았어요. 이들을 다른 말
로 백정이라고도 불렀어요. 우리는 백정을
소나 돼지를 잡는 사람으로 알고 있지요?
원래는 농민을 이르는 말이었는데 조선
시대에 의미가 바뀌었어요. 양인은 세금
과 부역의 의무를 지고 있었지요.

천민은 노비를 이르는 말이었는데,
향·소·부곡민, 도살업자, 광대 등도
천민으로 취급받았어요.

직업에 따라 천하게 여기고 무시
했다니 정말 서러웠겠지요? 훗날
불이익을 견디다 못한 천민들은
신분 구조에 반대하는 난을 일
으키게 된답니다.

향·소·부곡

창살 없는 감옥

새로운 친구를 만나면 가장 먼저 이름이 무엇인지, 어디에 사는지를 묻지요. 그런데 어디에 사는지 아는 순간 더 물어볼 것이 없다면 어떨까요? 주소에 내 신분과 직업이 모두 담겨 있다면요? 고려 시대에는 그랬답니다.

향·부곡은 원래 전쟁 포로가 모여 사는 지역이었어요. 그런데 군·현이었던 지역에서 반역을 일으키거나, 전쟁이 났을 때 적군에 항복하는 죄를 저지르면 향·부곡으로 강등되었어요.

그까짓 지역 명칭 하나 바뀌는 것이 뭐 대수냐고 생각할 수 있어요. 하지만 사는 지역의 명칭이 향·부곡으로 바뀌게 되면 삶까지 바뀌게 되는 무서운 형벌이었답니다.

향·부곡 주민은 다른 지역 양인보다 세금을 더 많이 내야 해서 경제적인 어려움을 겪었어요. 관직에 나아가는 데에도 제한을 받았고 이사를 갈 수도 없었어요. 그야말로 창살 없는 감옥이었답니다.

원래 향·부곡은 신라 시대부터 있었어요. 그런데 나라에서 사용할 물자의 종류가 점점 다양해지면서 '소'라는 지역을 새롭게 만들었지요.

소 주민은 종이, 먹, 나전칠기 등 각종 수공예품을 만들었어요. 그 밖에도 금, 은, 동, 철 같은 광산물이나 고려청자도 생산해야 했답니다. 고려청자처럼 전문 기술자가 필요한 일에는 장인과 그를 돕는 일꾼으로 구성되었지요. 이렇게 만들어진 물건은 벽란도로 들어온 외국 상인에게 답례품으로 주었어요.

고생하는 사람 따로 있고 생색내는 사람 따로 있다니, 이야기만 들어도 억울하지요? 받아들여야 하는 불편이 이만저만이 아닌데 충분한 보상을 해 주지 않아서 향·소·부곡 주민들의 불만은 쌓여만 갔답니다.

쌀 대신 과일, 고기 대신 해산물!

혹시 할머니, 할아버지께 이런 이야기를 들어 보았나요?

"세상 참 살기 좋아졌지. 옛날에는 제삿날에만 쌀밥을 먹을 수 있었는데 말이야."

"옛날에 바나나는 쉽게 먹을 수 없는 귀한 과일이었는데."

우리가 매일 먹는 쌀밥과 흔하디흔한 바나나가 귀했다니 실감이 안 나지요? 그런데 고려 시대에는 포도와 귤이 귀족들만 먹을 수 있는 귀한 과일이었답니다.

고려 시대의 사람들은 평소에 여러 가지 곡식을 섞은 잡곡밥을 먹었어요. 좋은 일이 있거나 귀한 손님이 찾아왔을 때에만 쌀밥을 대접했지요. 쌀은 세금으로 내야 해서 농사를 지어도 배불리 먹을 수 없었거든요. 논보다는 밭이 많아서 쌀농사를 많이 짓지도 못했고요. 또한 장마나 가뭄도 심해서 농사를 망치기 일쑤였어요.

농사에만 기대기 어려워지자 사람들은 밤나무, 배나무, 대추나무, 복숭아나무 등 과수나무를 많이 심었어요. 개경의 귀족 사이에서는 귀하기로 소문난 포도나무를 정원에 심는 것이 유행했어요.

채소도 많이 심었어요. 주로 무, 오이, 가지, 파, 연근, 토란, 상추, 도라지 등의 채소를 심어 먹었지요. 무는 원래 매운 음식인데 고려의 무는 맛이 매우 담백했다고 기록되어 있어요.

고려 시대 사람들의 음식에 가장 큰 영향을 끼친 것은 불교였어요. 불교가 국교인 탓에 육식을 금했거든요. 훗날 육식을 주로 하는 몽골의 영향으로 왕족과 귀족은 양과 돼지를 먹기 시작했지만 일반 백성은 고기를 거의 먹을 수 없었어요. 대신 미꾸라지, 전복, 조개, 게, 굴, 해조류 등 해산물을 먹었답니다.

상평창

배고픈 백성을 구하라!

나라와 왕권을 튼튼하게 하려면 좋은 제도를 만드는 일이 중요해요. 고구려 때에는 흉년에 굶주린 백성에게 곡식을 빌려 주었다가 가을에 추수해서 갚게 하는 진대법이라는 제도가 있었어요. 고려를 세운 태조도 이를 본받아 흑창이라는 특별한 곡식 창고를 만들었답니다.

좋은 제도는 오랫동안 유지되기 마련이에요. 제도를 많이 만든 왕으로도 유명한 성종은 986년에 보관하는 곡물의 양을 1만 석으로 늘리고 흑창에서 의창으로 이름을 바꾸었어요. 전국 곳곳에 의창이 세워졌어요.

하지만 흉년과 풍년에 따라 곡물 가격이 널뛰는 문제로 백성들이 고통을 받게 되었어요. 이에 성종은 곡물의 물가를 유지할 방법을 마련했지요. 993년에 개경과 서경, 12목에 '상평창'을 만들었어요. 상평창은 항상 평균을 유지하기 위한 창고라는 뜻이랍니다.

풍년이 들어 곡물 가격이 떨어지면 나라에서 곡물을 사들여 가격을 올렸어요. 반대로 흉년이 들어 곡물 가격이 훌쩍 뛰면 곡물을 풀어서 가격을 떨어뜨렸지요. 또한 백성들이 굶주리는 일이 없도록 수확기인 가을에 사들인 곡물을 먹을 것이 가장 부족한 봄에 풀기도 했어요.

성종은 상평창으로 두 마리 토끼를 잡았어요. 곡물 가격이 널뛰기를 하면 생활이 어려운 농민을 구하고, 곡물을 사재기해서 부당하게 돈을 벌려는 상인을 막았어요.

하지만 상평창이 있어도 백성들은 쌀과 베 등을 급히 빌릴 일이 있었어요. 그러자 매우 높은 이자를 취하는 고리대금업이 기승을 부렸지요. 이에 성종은 이자와 원금의 액수가 같아지면 이자를 더 받을 수 없는 자모상모법을 만들었답니다.

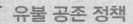
유교를 좋아하지만, 불교가 싫은 것은 아니야!

연등회 팔관회 **금지**

987년의 어느 날, 성종은 신하들을 한자리에 모이게 했어요.

"이제부터 연등회와 팔관회 행사를 열지 않겠소."

성종의 선언에 신하들은 깜짝 놀라며 술렁였어요. 몇몇은 예상했다는 듯이 고개를 끄덕였지요.

이 소문을 들은 백성들도 화들짝 놀랐어요.

"올해부터 연등회와 팔관회가 열리지 않는다는 이야기 들었나?"

"허, 태조의 〈훈요십조〉를 따르지 않겠다는 것 아니오?"

다들 놀랄 만했어요. 불교는 고려의 역사와 언제나 함께해 왔기 때문이지요. 성종이 이런 결정을 한 데에는 이유가 있었어요.

광종이 과거 제도를 실시하면서 유교를 바탕으로 한 신라 출신

문벌 귀족의 세상이 열렸지요. 이런 분위기에서 자라난 성종은 유교에 우호적이었어요. 그래서 최승로가 유교 중심의 〈시무 28조〉를 올렸을 때 이를 흔쾌히 받아들인 것이에요.

성종은 유학을 바탕으로 국자감과 향교를 세우고 팔관회와 연등회를 폐지했어요. 이 때문에 많은 사람이 성종이 숭유억불, 즉 유교를 숭상하고 불교를 억누르는 정책을 펼쳤다고 생각했지요. 그런데 여기에 오해가 있어요.

유교의 사상 가운데 특히 충효 사상을 중요하게 여긴 성종은 자신의 아버지 대종과 어머니 선의 태후의 제삿날 앞뒤로 며칠 동안 불공을 드리게 했어요. 그리고 제삿날에는 도살을 금하며 고기반찬을 올리지 못하게 했지요. 이는 불교의 예법을 따른 것이에요.

연등회와 팔관회를 없앤 이유도 불교에 반대했기 때문이라고 판단하기는 어려워요. 당시 불교 행사는 점점 유흥을 즐기고 사치스러워지면서 엄청난 나랏돈과 인력이 들었거든요. 그래서 국가 재정을 회복하고 백성의 불필요한 부역 동원을 막기 위해 폐지했던 것이랍니다.

고려 시대에도
대학이 있었다고요?

성종은 아무리 좋은 제도를 마련해도 좋은 인재가 뒷받침이 되지 않으면 아무 소용없다고 생각했어요. 당시 교육 기관이 없던 것은 아니지만 제 역할을 못하고 있었지요. 그래서 성종은 고려 시대 국립 대학인 국자감을 세웠어요.

국자감은 학문의 영역에 따라 유학과 기술학으로 나뉘었는데, 신분에 따라 입학에 제약이 있었어요. 국자학, 태학, 사문학 등 유학과는 직위가 높은 관리의 자식만 입학했어요. 율학, 서학, 산학 등 기술학과는 직위가 낮은 관리의 자식이나 일반 백성의 자식이 입학했지요.

과거에 급제하면 국자감을 졸업했어요. 하지만 과거에 급제하지 못해도 유학은 9년, 기술학은 6년이 지나면 더 다닐 수 없었어요.

고려 시대의 과거 시험은 향시, 국자감시, 예부시 순으로 이루어져 있었어요. 국자감생은 입학하고 3년이 지나면 향시를 건너뛰고

바로 국자감시를 볼 자격이 주어졌답니다. 국자감생, 향시 합격자, 12도생만이 국자감시를 볼 수 있었지요.

국자감시에만 합격해도 진사가 되었어요. 또한 예부시에 떨어져도 진사를 유지하면서 계속 예부시를 볼 수 있었어요. 부역과 병역의 의무도 면제받았지요.

그런데 사립 학교인 12도가 인기를 끌면서 국자감의 명성이 시들해졌어요. 12도에서 과거 급제자를 훨씬 많이 내자 국자감에서는 과거 시험 전문반과 장학 재단을 만들어서 명성을 되찾으려 했어요. 하지만 생각처럼 잘되지 않았어요. 시대의 흐름에 발맞추지 못하면 어려워지는 것은 예나 지금이나 똑같았답니다.

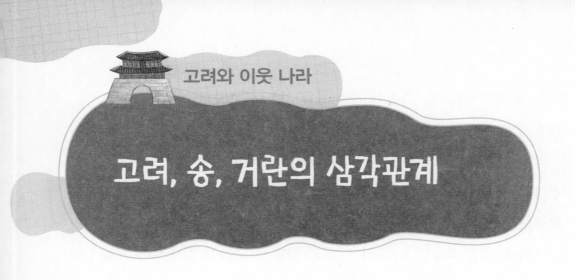

고려, 송, 거란의 삼각관계

역사는 아주 커다란 그림과도 같아서 가까이에서 보면 이해하기 어렵지만 멀리에서 보면 모든 일이 한눈에 들어오기도 한답니다. 거란과는 가까이 하지 말라던 태조의 〈훈요십조〉를 기억하나요? 그로부터 50년이 지난 993년에 거란이 고려를 침입했지요. 그사이에 무슨 일이 있었던 것일까요?

태조에 이어 고려 왕들은 내내 거란을 멀리했어요. 그러던 중 960년에 송나라가 세워지자 광종은 송과 친하게 지냈어요. 고려는 송과 가까이 지내면서 거란을 견제하는 효과를 얻었지요.

당시 송과 거란은 사이가 좋지 않았어요. 송에게 아주 중요한 연운 16주를 거란이 빼앗았거든요. 송은 이곳을 되찾으려고 했고, 몽골 지역을 점령하며 세력을 넓힌 거란은 이곳을 발판 삼아 송을 칠 기회를 호시탐탐 노리고 있었어요.

이때 고려가 두 나라에게 매우 중요했어요. 송은 고려와 함께 거란을 공격하기를 바랐어요. 발해 유민이 세운 정안국은 이미 거란과의 전쟁에 함께할 뜻을 밝혔지요. 그러자 거란이 986년에 정안국을 멸망시켰어요.

993년, 거란이 고려를 침입했어요. 하지만 서희의 훌륭한 외교술로 돌려보낼 수 있었지요. 그런데 고려가 송과 계속 친하게 지내자 거란의 2차, 3차 침입이 이어졌어요. 그리고 이러한 전쟁은 강감찬, 양규 등 훌륭한 장군들의 노력으로 승리를 거두며 막을 내리게 되었답니다.

세 치 혀로 담판을 짓다!

993년, 거란이 고려를 침입했어요. 눈 깜짝할 사이에 봉산군을 점령하고 항복을 요구했지요. 성종은 긴급회의를 열었어요. 겁을 먹은 신하들은 서경과 그 북쪽 땅을 넘겨주자고 했지요. 이때 뒤에서 모두를 주목시키는 목소리가 들렸어요.

"제가 가서 담판을 짓고 오겠습니다."

성종 앞에 나아와 머리를 조아린 사람은 서희였어요. 서희는 송나라에 사신으로 가서 외교 관계를 맺고 송 태조에게 벼슬까지 받아 온 적이 있었지요. 성종은 서희를 한 번 더 믿어 보기로 했어요.

서희는 거란군과 담판을 지으러 갔어요. 거란군을 이끄는 장수 소손녕이 나와 말했어요.

"고구려 땅은 원래 우리 것이니 고려는 당장 내놓아야 한다."

과거 여진 땅에 성을 지은 일을 말하는 것이었어요. 서희는 차분히 대답했어요.

"고려는 고구려를 이어 나간다는 의미로 나라 이름도 고려로 정한 것입니다. 그러니 고구려 땅 또한 고려가 물려받아야 마땅하지 않겠습니까."

서희의 말에 말문이 막힌 소손녕은 고려가 바다 건너 송을 섬기면서 거란과는 친하게 지내지 않는다고 나무랐어요. 서희는 거란의 속내를 알아채고 빙긋이 웃었어요.

"맞는 말씀이지만 고려가 원해서 그리하는 것이 아닙니다. 우리 두 나라 사이를 여진이 가로막고 있기 때문입니다. 이들을 몰아낸다면 거란과 외교 관계를 맺을 것입니다."

소손녕은 말없이 고개를 끄덕이더니 군대를 되돌려 거란으로 돌아갔어요. 서희의 담판이 성공을 거둔 것이에요.

서희는 직접 군대를 이끌고 여진을 몰아냈어요. 그리고 흥화진, 귀주 등을 포함한 강동 6주를 차지해서 압록강까지 영토를 넓혔답니다.

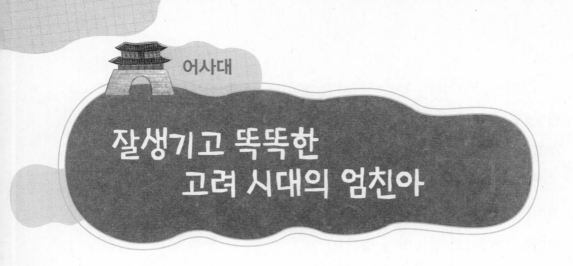

어사대

잘생기고 똑똑한 고려 시대의 엄친아

깨끗하게 정돈된 방에 엄숙한 표정의 남자들이 앉아 있었어요. 그중 한 사람이 문서 뭉치를 탁자에 놓으며 말했어요.

"이번에 왕께서 뽑으시려는 자들입니다."

조용한 가운데 문서를 넘기는 소리만 간간이 들렸어요. 문서는 어느새 둘로 나뉘었어요.

"이 중에 자격이 되는 자가 셋입니다."

모인 이들은 고려 시대의 최고 중앙 정치 기구인 중서문하성의 낭사와 어사대의 관원이었어요.

성종은 고려 초기 감찰 기구였던 사헌대를 재정비하면서 어사대로 이름을 바꾸었어요. 어사대는 오늘날 경찰에 해당하는 기관이에요. 고려 사회의 잘못된 점과 풍속을 단속하고 관리의 비리를 조사하는 일을 했지요.

그런데 이름이 바뀌면서 어사대의 역할도 달라졌어요. 왕권을 견제하는 임무를 맡게 되면서 검찰의 역할을 하게 되었지요. 중서문하성의 낭사와 함께 잘못된 왕명을 돌려보내는 봉박, 왕의 잘못을 가려내는 간쟁, 관리를 뽑을 때 자격을 심사하는 서경 등의 일을 처리하게 되었어요.

왕과 관리의 잘못을 살피는 대관과 상소를 올리는 간관이 따로 있었는데, 중서문하성 낭사와 어사대 관원은 두 가지 역할을 함께 했어요. 어깨가 무거운 직책이니 만큼 어사대를 뽑는 기준은 까다로웠답니다. 과거 급제자에 인품이 바르고 외모까지 뛰어난 문벌 귀족 출신으로만 뽑았지요.

요즘 얼굴 잘생기고 공부도 잘하는 데 성격까지 좋은 남자를 보면 '엄마 친구의 아들'이라고 말하지요. 어사대야말로 진정한 '엄친아' 집단이 아니었을까요?

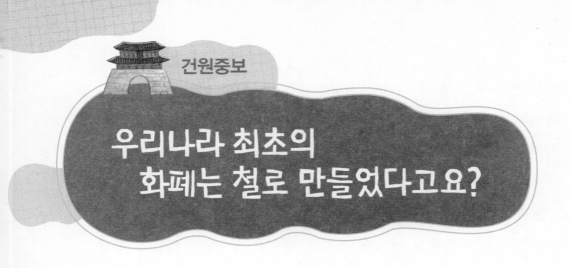

건원중보

우리나라 최초의 화폐는 철로 만들었다고요?

우리에게 화폐가 없었다면 어땠을까요? 만약 쌀이 돈을 대신한다면 체력이 아주 좋아야 하겠지요. 가방에 쌀을 가득 채워서 낑낑거리며 다녀야 했을 테니까요.

성종은 당나라의 화폐인 건원중보를 똑같이 본뜬 화폐를 만들었어요. 당시의 고려에는 화폐가 없어서 쌀과 옷감을 돈처럼 쓰고 있었어요. 화폐 앞면에는 '건원중보'라고 새기고, 뒷면에는 당의 화폐와 구별하려고 '동국'이라는 글자를 새겨 넣었지요. 동국은 우리나라를 이르는 말로, 고려가 당의 동쪽에 있는 나라라는 뜻이에요.

이렇게 우리나라 최초의 화폐인 건원중보가 만들어졌어요. 건원중보는 철로 만든 화폐였어요. 겉은 둥글고 안에는 네모난 구멍이 나 있는 모양이었지요. 동그라미는 하늘, 네모는 땅을 뜻해요.

신하들은 매우 뿌듯해하며 당장 화폐를 유통시키려고 했지만 성종은 화폐를 모두 창고에 넣어 두게 했어요. 그리고 이듬해에 길일을 택해서 발행했지요. 성종이 얼마나 화폐의 유통을 중요하고 신중하게 생각했는지 알 수 있답니다.

성종의 뒤를 이어 왕이 된 목종도 화폐 유통을 적극적으로 추진하려고 했어요. 하지만 화폐만 쓰게 하고 쌀과 옷감을 못 쓰게 하면 백성들이 원망할 것이라고 생각했어요. 그래서 주점과 음식점 같은 점포에서만 쓰게 하고, 그 밖의 거래는 원래대로 쌀과 옷감을 쓰게 했지요 하지만 잘되지 않았어요. 결국 건원중보는 발행 5년 만에 쓰지 않게 되었어요.

하지만 그 이후에는 건원중보를 시작으로 여러 종류의 금속 화폐가 나오게 된답니다.

강조의 정변

뭐, 내가 죽었다고?

달도 뜨지 않은 어두운 밤, 제7대 왕 목종은 뜰에 나와 눈물을 흘리고 있었어요. 설마 했던 의심이 사실이었어요. 자신의 어머니 천추 태후가 김치양이라는 사내와 몰래 정을 통해 낳은 아이를 왕으로 만들 계획을 세우고 있음을 확인했지요. 하늘이 무너지는 것 같았어요. 목종은 자신의 당숙 대량 원군을 후계자로 정했어요. 믿을 만한 무신 강조에게 모든 사실을 알리고 자신을 호위해 달라고 단단히 일러두었지요.

1009년, 연등회 행사 준비로 떠들썩하던 궁궐에 큰불이 났어요. 목종은 다행히 목숨을 건졌지만 몸이 약해져서 병석에 눕게 되었어요. 곧 나라 안에 이상한 소문이 나돌기 시작했어요.

"글쎄, 왕의 병이 깊어 오늘내일하신다지?"

"쉿! 내가 들었는데…… 이미 돌아가셨대!"

목종이 죽었다는 헛소문은 비밀스럽게 퍼졌어요. 강조의 귀에도 소문이 들어갔어요.

"그리 불안해하시더니 결국 이리도 허무하게……."

강조는 김치양 일파를 몰아내고 대량 원군을 왕위에 올리고자 군사 5천 명을 이끌고 개경으로 향했어요. 그런데 강조에게 목종이 살아 있다는 소식이 들렸어요. 난처해진 강조는 놀라운 결정을 내렸지요.

"어차피 왕께서는 더 고려를 강성하게 하기 어려우실 터이니 이참에 새 왕을 세워야겠다!"

강조는 그대로 개경으로 가서 목종에게 물러날 것을 강요했어요.

"어떻게, 어떻게 네가 나에게 이럴 수가 있느냐!"

목종은 궁궐에서 쫓겨나 귀양을 가게 되었어요. 강조는 천추 태후도 귀양 보내고 김치양과 그의 아들은 처형했어요. 목종은 얼마 못 가 강조에 의해 죽고 대량 원군이 왕이 되었어요. 자신이 죽었다는 헛소문 때문에 목숨을 잃게 된 목종의 운명이 가혹하지요?

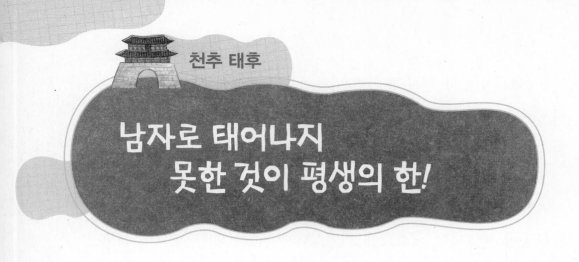

남자로 태어나지 못한 것이 평생의 한!

　노비의 자식은 노비가 되고 관리의 자식은 관리가 되는, 핏줄이 곧 신분인 시대에 현애 왕후는 아주 특별한 신분이었어요. 제1대 왕 태조의 손녀이고, 제5대 왕 경종의 부인이며, 제6대 왕 성종의 동생이고, 제7대 왕 목종의 어머니이자 제8대 왕 현종의 이모였거든요.

　이렇게 관계가 복잡해진 것은 부인을 29명이나 둔 태조 때문이었어요. 그중 황주원 부인 사이에서 생긴 아들과 정덕 왕후 사이에서 생긴 딸이 혼인을 올려 태어난 딸이 현애 왕후였어요. 이복 남매끼리 혼인을 하는 바람에 현애 왕후의 아버지와 어머니가 모두 태조의 핏줄이었지요. 양쪽으로 왕의 핏줄을 받은 강력한 혈통이었어요.

　현애 왕후는 아들이 목종이 되자 천추 태후로 불리며 정치에 나섰어요. 태후는 왕의 어머니를 뜻하지요. 천추 태후는 불교를 장려하고 유학을 강하게 비판했어요. 유교를 장려했던 성종 덕분에 힘을 키운 유학자들에게는 눈엣가시 같은 존재였어요.

목종에게는 아들이 없었어요. 천추 태후는 자신과 김치양 사이에서 태어난 아들로 그 뒤를 이으려고 했어요. 여자인 자신 쪽의 핏줄을 내세워 아들을 왕으로 만들려고 했다니 대단한 자신감이었지요.

유학자들에게는 천추 태후의 권력을 빼앗을 좋은 기회였어요. 그들은 왕실의 또 다른 핏줄인 대량 원군을 후계자로 만들려고 뭉쳤지요. 천추 태후는 자객을 보내 대량 원군을 없애려고 했지만 실패했어요.

그러던 중 예상치 못한 일이 생겼어요. 강조의 정변이 일어나면서 상황이 바뀐 것이에요. 천추 태후는 황주로 귀양을 가게 되었어요. 그곳에서 21년을 더 살다가 쓸쓸히 숨을 거두게 되었답니다.

야망과 권력욕이 강했던 천추 태후는 남자로 태어나지 못한 것이 평생의 한이 아니었을까요?

강동 6주를 돌려 줘!

서희와의 외교 담판 직후 거란은 송나라와의 전쟁에 나섰어요. 송을 정복한 후 땅을 빼앗아 오는 과정에서 거란은 강동 6주가 군사적으로 매우 중요한 땅임을 깨달았어요. 아차 싶었지만 명분 없이 빼앗을 수는 없었지요. 거란은 강조의 정변을 핑계로 1010년에 다시 고려를 침입했어요.

거란의 성종은 직접 40만 대군을 이끌고 고려로 쳐들어왔어요. 고려의 현종은 왕이 되자마자 거란의 침입을 받게 되었지요. 거란군은 압록강을 건너와 강동 6주의 흥화진을 공격했어요. 그렇지만 양규가 온 힘을 다해 막았지요. 흥화진을 무너뜨리는 것이 생각처럼 쉽지 않자 거란군은 일단 후퇴했어요.

"개경으로 쳐들어가 왕을 무릎 꿇리면 강동 6주는 우리 것이다!"

거란군은 길을 멀리 돌아가서 수도 개경에 도착했어요. 현종은 이미 나주로 피신한 후였지요. 거란군은 궁궐과 민가에 불을 질렀어요. 결국 현종은 거란으로 직접 찾아가 예의를 갖추겠다고 약속해서 이들을 돌려보냈어요.

거란군은 돌아가는 길에 양규와 김숙흥 등이 이끄는 고려군을 또 만났어요. 양규와 김숙흥은 목숨을 바쳐 싸우다가 죽었지요. 거란군도 큰 타격을 입고 겨우 거란으로 돌아갔어요. 아무 이득도 없이 상처뿐인 침입이었어요. 거란의 성종은 분을 삭이며 현종이 찾아오기만을 기다렸어요.

그렇지만 아무리 날이 지나도 현종은 찾아오지 않았어요. 거란이 강동 6주를 되돌려 달라고 요구했지만 이것도 거절했어요. 그러자 1018년에 거란의 소배압이 10만 대군을 이끌고 또다시 고려를 침입했어요. 정말 끈질긴 거란이었지요.

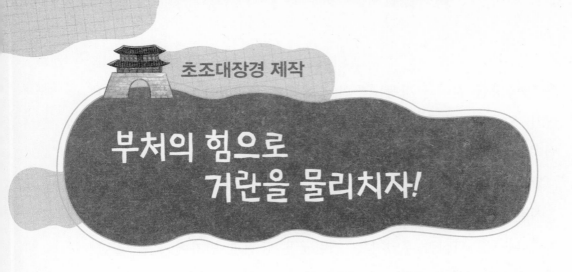

부처의 힘으로 거란을 물리치자!

　우리는 문제가 생기면 좋은 방법을 찾아내서 해결해요. 그런데 때로는 우리 힘으로 도저히 해결할 수 없는 일이 생기기도 해요. 그런 절박한 상황이 되면 신을 찾게 되지요. 종교와 상관없이 막연히 기적을 바라게 되는 마음 말이에요.

　현종은 왕이 되자마자 거란의 침입으로 수도 개경을 빼앗기는 위기를 맞아 나주로 피난을 가야 했어요. 다행히도 양규를 비롯한 장수들이 목숨을 걸고 싸워서 개경을 되찾았지요. 하지만 나라의 수도를 빼앗겼다는 사실은 왕실과 백성 모두에게 큰 충격이었어요.

　현종이 근심에 싸인 목소리로 신하들에게 말했어요.

　"백성의 신임을 잃고 나라가 혼란에 빠졌으니 이제 어쩌면 좋단 말인가!"

　"폐하, 부처의 힘으로 나라를 지키는 것이 어떻겠사옵니까?"

　현종은 부처의 힘으로 거란의 침입을 막고 나라를 지키고자 불경을 집대성한 대장경을 제작하기로 했어요. 이는 불교 경전을 목판에 한자로 새겨 넣는 작업으로 매우 오랜 시간이 걸렸어요. 현종 이후의 왕들도 대장경 제작을 이어 갔지요. 1087년, 마침내 6천여 권에 달하는 초조대장경이 완성되었어요. 북송의 관판 대장경에 이어 세계에서 두 번째로 만들어진 대장경이었어요.

초조대장경은 훗날 몽골의 침입 때 불타 없어지고 말았어요. 현재 인쇄본만 2천여 권 남아 있는데 그마저 대개 일본에 있고, 우리나라에는 200권 정도밖에 없답니다.

초조대장경 가운데 하나인 《대방광불화엄경》

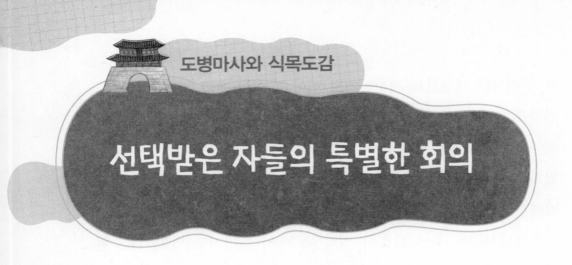

선택받은 자들의 특별한 회의

　재난 영화를 보면 반드시 나오는 장면이 있어요. 지구에 재앙이 닥쳐 인류가 멸망할 위기에 빠지면 뿔뿔이 흩어져 있던 각 분야의 숨은 실력자가 한자리에 모이게 되지요. 이들은 대통령이나 장관급의 최고 지도자만 모이는 비밀회의에 초대되어 해결 방법을 함께 의논해요.

　현종도 긴급 상황을 대비해서 도병마사와 식목도감이라는 회의 기구를 설치했어요. 나라의 큰일을 결정하는 중요한 일인 만큼 소수의 고위 관리만 참석할 수 있었어요. 최고 중앙 정치 기구인 중서문하성과 군사 기밀을 다루는 중추원의 고위 관리는 1품에서 3품까지 직위가 나뉘었는데, 그 가운데 2품에 해당하는 중서문하성의 재신 5명과 중추원의 추밀 7명이 참석했지요.

　도병마사는 군사와 관련된 일을 의논하고 결정했어요. 당시 고려의 행정 조직은 일반 행정 구역인 5도와 군사 행정 구역인 양계로 나뉘어 있었어요. 처음에 도병마사는 양계에서 벌어지는 국방·군사 문제만 담당했으나, 점차 일반 백성의 문제도 다루게 되었어요. 훗날 몽골과의 전쟁을 겪으면서 기능이 더욱 커져 외교를 비롯한 나라의 모든 큰일을 다루게 되었지요.

식목도감은 국내 문제를 맡아서 관리했어요. 법률과 나라의 명령, 격식 등을 다루는데 주로 법을 만들었어요. 나중에 식목도감은 도병마사에 흡수되지요. 도병마사와 식목도감은 왕조차 자기 마음대로 할 수 없는 일을 맡아서 관리했어요.

그래서 두 회의에서는 만장일치제를 실시했어요. 소수의 의견을 존중하고 어느 한쪽에서 제멋대로 결정하지 못하게 하기 위해서였답니다.

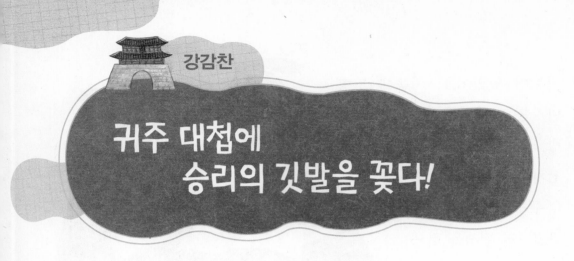

귀주 대첩에 승리의 깃발을 꽂다!

강감찬

거란의 소배압이 1018년에 10만 대군을 이끌고 고려로 쳐들어왔어요. 고려는 거란을 상대하고자 20만 대군을 준비해 두었어요. 고려군을 이끌 장군은 강감찬이었지요.

강감찬은 거란군에 무작정 맞선다면 이기더라도 고려군의 피해가 클 것이라 생각했어요.

'흥화진이 길목이니 그곳을 반드시 지나오겠지……. 옳지, 냇물을 이용하면 되겠군!'

강감찬은 급하게 부하를 불러 구해올 것을 알려주었어요.

"분부하신 대로 따르겠습니다. 헌데 그 많은 소가죽은 어떤 까닭으로 찾으십니까?"

"물의 흐름을 막은 다음 적의 목숨을 끊을 것이다."

강감찬은 기병 1만 2천 명을 이끌고 흥화진으로 향했어요. 그러고는 소가죽을 꿰어 냇물을 막게 했지요. 기다리던 거란군이 아주 가까이 다가왔을 때였어요.

"가죽을 찢어라!"

소가죽을 찢자 거란군은 비명 지를 새도 없이 물에 휩쓸려 떠내려갔어요. 강감찬은 홍화진 전투에서 첫 승리를 거두었어요.

살아남은 거란군은 끈질기게 개경으로 향했어요. 그렇지만 이미 많은 군사를 잃어버려 개경을 공격하기에는 무리였지요. 어쩔 수 없이 다시 돌아가던 소배압 군대는 귀주에서 강감찬을 맞닥뜨렸어요. 강감찬은 미리 짜둔 작전대로 고려군이 숨어 있던 좁은 계곡으로 거란군을 꾀어냈어요.

"지금이다!"

거란군에게로 화살이 비처럼 쏟아졌어요. 거란군 10만 명 중 고작 2천여 명만이 살아남아 거란으로 돌아가게 되었어요. 귀주 대첩으로 거란은 강동 6주를 포기했고 고려를 만만히 볼 수 없게 되었답니다.

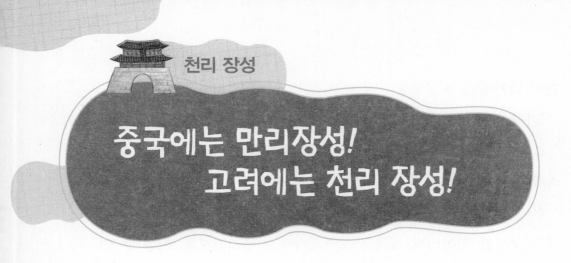

천리 장성

중국에는 만리장성!
고려에는 천리 장성!

거란의 침입을 막아 낸 강감찬이 건의를 했어요.

"비록 이번에는 승리했으나 후일의 안전을 기약할 수는 없습니다. 만일을 대비해서 개경 외곽에 성을 쌓아야 합니다."

일찍이 고구려가 당나라의 침입에 대비해서 천리 장성을 쌓았던 일을 생각해 낸 것이에요.

현종은 강감찬의 건의를 받아들여 성을 쌓기 시작했어요. 무려 23킬로미터에 달하는 성을 지어 수도 개경을 둘렀지요.

현종에 이어 제9대 왕이 된 덕종은 북쪽의 국경에 장성을 쌓으라고 명령했어요. 여진과 거란의 침입을 막기 위함이었지요. 그러나 덕종은 왕위에 오른 지 4년 만에 세상을 뜨고 말았어요.

결국 제10대 왕 정종에 이르러 두께와 높이가 각각 25척이고, 총길이 1천 리에 달하는 천리 장성이 완성되었답니다. 천리 장성은 서쪽의 압록강 입구에서 시작해 10여 곳의 성을 거쳐 동북쪽으로 3개의 성을 끼고 동해안까지 이어졌어요. 선을 긋듯이 영토를 가로지른 모양새였지요. 여진과 국경을 맞댄 곳에 우리 마음대로 성을 쌓을 수 있었던 것은 당시 여진이 행정 구역을 제대로 갖추지 못해서 마을 단위로 흩어져 살고 있었기 때문이에요.

천리 장성은 군사 역할과 더불어 외국에서 고려에 들어올 때 거쳐야 하는 관문 기능도 했어요. 지금은 직접 가 볼 수 없게 되었지만 함경북도 의주 등 여러 곳에 유적이 남아 있답니다.

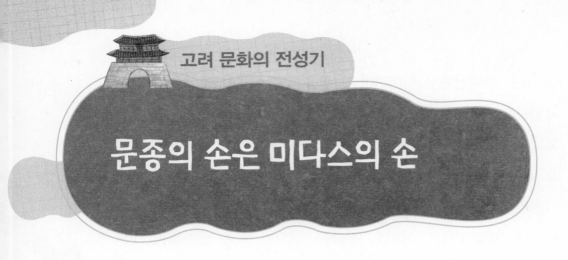

문종의 손은 미다스의 손

그리스 신화에 손만 대면 모든 것을 황금으로 변하게 만드는 왕이 나와요. 여기에서 '미다스의 손'이라는 말이 유래했어요. 손대는 일마다 술술 풀리는 사람을 비유하는 말로 쓰이는데, 바로 고려 제11대 왕 문종 같은 사람을 두고 하는 말이지요.

문종은 무려 37년 동안 왕위를 지켰어요. 그렇게 긴 세월 동안 별 탈 없이 나라를 지키기도 어려운 일인데, 고려 시대를 통틀어 가장 찬란한 문화를 만들어 낸 왕으로 손꼽힌답니다.

문종은 왕이 되자마자 법을 손봤어요. 최충에게 명령해서 고려의 법을 정리하게 한 다음 이를 바탕으로 기존의 제도를 재정비했어요. 해마다 농사지을 수 있는 땅과 그렇지 못한 땅을 등급별로 나누어 세금을 다르게 받았어요. 전시과를 개정해서 경정전시과로 토지 제도를 완성했고요. 홍수나 가뭄 등 천재지변이 일어나 농사를 망친 해에는 일정량의 세금을 면제해 주어 농민의 부담을 줄여 주었어요. 죄인의 잘못을 가릴 때에도 3명 이상의 관리가 살피게 해서 억울한 일이 없게 하는 등 백성의 삶을 굽어살피려 노력했지요.

불심이 깊은 문종은 흥왕사라는 절을 세웠어요. 아들 한 명을 부처에게 바치기로 맹세도 했지요. 유학을 장려하는 일도 잊지 않아 사학인 12도가 유행하게 되었어요.

또한 국방과 외교도 게을리하지 않았어요. 여진이 몇 차례 침입했지만 모두 막아 내고 거란, 송나라와 가깝게 지냈는데, 특히 송과 활발히 교류했어요. 통일 신라의 전통 위에 송의 문화를 적극적으로 받아들였지요.

미술과 공예품이 발달한 것도 이 덕분이었어요. 불교, 유교, 미술, 공예에 이르기까지 눈부신 발전을 이루게 된 이 시절을 고려의 문화 황금기라고 부른답니다.

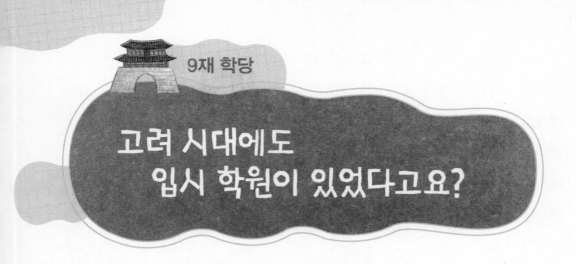

고려 시대에도 입시 학원이 있었다고요?

요즘에는 학교가 끝나면 바로 집으로 가지 않고 여러 학원에 다니는 친구들이 많지요. 그런데 학원이 처음 생긴 것은 고려 시대 때부터라고 해요. 과연 누가, 어떤 이유로 학원을 만들게 되었을까요?

목종 때 20세의 나이로 과거 시험에서 장원 급제한 사람이 있어요. 어려서부터 글짓기와 공부를 잘했던 최충이지요.

최충은 가장 높은 벼슬인 문하시중에 올라 율령과 형법 등 제도 정비에 힘썼어요. 그러다가 문종의 만류에도 벼슬을 그만둔 뒤 자신의 집에 학당을 세우고 제자를 받았어요. 이 소문을 듣고 많은 학생이 모여드는 바람에 학당을 넓은 곳으로 옮겨야 했지요. 그런데도 거리까지 학생이 넘칠 지경이었어요. 그래서 다시 만든 것이 바로 사교육의 시초인 9재 학당이었어요.

9재 학당이 인기를 얻게 된 데에는 이유가 있었어요. 문신을 우대하는 사회에서 국립 교육 기관인 국자감이 제 역할을 못하던 중에 최충이 학당을 세웠거든요. 최충은 과거 시험의 시험관도 여러 번 지냈답니다.

9재 학당은 이름처럼 9개의 전문 분야로 나뉘어 있었어요. 학생들은 순서에 따라 모든 과정을 거쳐 졸업을 했어요. 최충은 시와 문장을 가르치는 일도 소홀히 하지 않았어요.

결국 과거 급제자가 많이 나온 족집게 학당인 9재 학당은 과거 시험을 준비하는 입시 학원인 셈이었지요. 이처럼 9재 학당이 인기를 얻자 이를 본떠 전국에 11개의 학당이 세워졌어요. 이를 통틀어 '12도'라 부르게 되었답니다.

패관

떠도는 모든 이야기를 수집합니다!

개경 길거리에 과장된 몸짓으로 무엇인가를 열심히 설명하는 한 사내를 대여섯 사람이 둘러싸고 있어요.

"그래서 윤 씨가 내가 헛것이 보이나 싶어서 눈을 씻고 다시 보았단 말이지. 아, 그런데?"

"그런데? 그만 뜸들이고 어서 말해 보게!"

"어이쿠, 이거 갑자기 목이 콱 막히는데? 술이라도 한 사발 들이켜야 말이 술술 나오려나."

"예끼, 이 사람아! 믿기지도 않는 이야기를 하면서 어디 술타령까지. 그만두세!"

김이 샌 사람들이 이리저리 흩어졌어요. 사내는 순식간에 홀로 남았어요. 그때였어요.

"술 한 사발 대접하면 이야기를 마저 들을 수 있소?"

사내가 돌아보니 한 남자가 빙긋이 웃으며 서 있었어요.

사내에게 술까지 사 가며 이야기를 들으려는 남자의 정체는 '패관'이었어요. 패관은 백성들 사이에 떠도는 소문을 모으는 이야기 수집가였어요. 사람들이 많이 모이는 곳을 찾아다니며 그들이 나누는 이야기와 사소한 소문 하나까지 세세히 기록해서 왕에게 보고했지요. 이 기록은 왕이 민심을 살피는 데 매우 중요한 자료가 되었어요.

패관은 중국에서 시작되어 고려로 넘어온 벼슬이었어요. 백성들 사이에 떠도는 이야기를 기록하던 벼슬 이름인데 의미가 바뀌면서 차츰 이야기를 짓는 사람을 가리키게 되었어요. 마음대로 고칠 수 없는 신화나 전설과 달리 소문과 민담은 상상력을 펼쳐서 이야기를 꾸미거나 과장할 수 있었지요. 이렇게 떠도는 이야기를 모아 만든 패관 문학은 소설의 시초라고 볼 수 있어요.

문종 때 지어진 최초의 패관 문학인 박인량의 《수이전》을 시작으로 이인로의 《파한집》, 최자의 《보한집》, 이규보의 《백운소설》, 이제현의 《역옹패설》 등이 나왔어요. 패관이 남긴 기록은 당시 생활상을 알 수 있는 중요한 자료이기도 하답니다.

2,800칸의 방이 있는 절

1056년은 문종이 왕이 된 지 10년째 되는 해였어요. 문종은 자신의 이름을 빛내고 역사에 길이 남을 만한 절을 짓기로 마음먹었지요. 문종이 꿈꾸는 절의 규모를 듣고 신하들은 깜짝 놀랐어요.

"폐하, 그 정도 규모와 화려함을 감당할 여유가 없사옵니다. 부디 통촉해 주시옵소서!"

그러나 문종의 마음속에는 이미 번듯하게 지어진 흥왕사가 들어앉아 있었어요. 신하들이 거세게 말렸지만 공사가 시작되었어요.

그리고 12년 만에 드디어 흥왕사가 완공되었어요. 축하 연등회가 열리는 9일 내내 절이 대낮처럼 환했지요. 문종은 모든 관리와 함께 참석해 승려들에게 향을 직접 나누어 주며 의식을 이끌었어요.

흥왕사에는 수많은 승려가 모여들었어요. 하지만 문종은 2,800칸의 방이 있었음에도 행실이 올바른 자 1,000명만을 뽑아 머무르게 했어요. 그리고 이곳의 제1대 주지는 대각 국사 의천이 되었어요.

    의천은 11세의 나이에 스스로 승려가 된 문종의 넷째 아들이에
요. 의천이 송나라에 유학을 간 사이, 문종은 세상을 뜨고 그의 뒤
를 이어 왕이 된 제12대 왕 순종도 1년 만에 병으로 세상을 떴지
요. 의천이 돌아왔을 때 고려의 왕은 제13대 왕 선종이었어요. 의천
은 선종에게 요청했어요.

    "우리 고려에서도 불교 경전을 펴내야 합니다. 흥왕사에 해당 기
관을 마련해 주신다면 제가 해 보이겠사옵니다."

    선종은 의천을 믿고 흥왕사에 교장도감을 설치했어요. 의천은 송,
요, 일본에서 불교 서적을 수집해서 돌아오자마자 작업에 들어갔어
요. 그리고 1091년부터 1102년까지 흥왕사에 머물며 《교장》이라는
1,010부, 4,740권짜리 불교 경전을 새기고 인쇄했답니다.

우리나라 최초의 동전 해동통보

제15대 왕 숙종은 화폐 유통에 앞장선 왕이에요. 숙종이 이렇게 된 데에는 동생의 영향이 컸어요. 숙종의 동생은 고려를 대표하는 승려인 대각 국사 의천이에요. 의천은 송나라에서 화폐의 편리함을 체험하고 돌아와 고려에서도 화폐를 써야 한다고 주장했지요.

화폐는 크기가 작아 운반이 편리했어요. 또 관리에게 봉급을 줄 때 화폐를 섞어 주면 백성들이 세금으로 쌀을 독촉받는 고통을 줄일 수 있고, 쌀을 모아 흉년에 대비할 수 있었지요. 숙종은 동생의 청을 받아들여 화폐를 만드는 주전관을 세우고 화폐를 만들었어요.

숙종이 1101년에 맨 처음 만든 화폐는 물병처럼 생겨서 '은병'이라고 불렸어요. 은 1근으로 만들었는데, 은병 1개는 옷감 100필의 가치여서 백성들은 쓸 일이 없었어요.

그러자 1102년에 은병의 불편한 점을 고쳐서 새 화폐를 만들었어요. 우리나라 최초의 동전인 해동통보를 만들었지요. 하지만 구리로

만든 해동통보는 가치가 높지 않았어요. 나라에서는
해동통보를 활발히 유통시키고자 고위 관리와 문무관,
군사에게 나누어주고 쓰게 했어요. 백성들에게도 쌀과
옷감 대신에 쓰게 했지만 쉽지 않았지요.

"주모, 술값 여기 있소."

"뭐야, 이게? 웬 쇳덩어리를 술값이라고 주는 게요?"

"거, 위에서 쌀이나 옷감 대신 이것을 쓰라는 말도 못
들었소?"

"아, 몰라요. 그냥 쌀로 줘요."

백성들에게는 화폐가 낯설기만 했어요. 상업이 발달
하기 전까지 화폐는 있으나 마나 했을 뿐이었지요.

해동통보

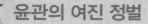

여진에게는 있고
고려군에는 없던 것은?

1104년, 여진이 고려를 침입했어요. 고려에서는 깜짝 놀랐어요. 원래 여진은 고려를 받들던 나라였거든요. 너무 당황해서인지 고려군은 제대로 대응하지 못했어요.

"이게 말이나 되는가? 우리 군이 여진에 지다니!"

숙종은 크게 노여워했어요. 신하들도 침통한 표정으로 고개를 숙이고 있었어요. 숙종은 고려군을 이끌 총사령관으로 윤관을 뽑았어요.

그러나 윤관은 전쟁터로 가는 내내 마음이 불안했어요.

'우리 군의 기량이 뒤떨어지지 않는데 어찌하여 진 것일까?'

그런데 여진 군대와 맞닥뜨린 순간 그 이유를 알게 되었어요. 윤관도 싸움에서 지고 말았어요.

"뭐라? 제대로 겨루어 보지도 못했다?"

숙종은 실망이 이만저만 아니었어요.

"폐하, 여진의 기마병을 당해 낼 수 없었사옵니다. 고려에도 기마

부대가 있어야 하옵니다."

그것 때문이었어요. 고려군은 거의 보병이었는데, 여진 군대는 말을 제 몸처럼 다루는 기병으로 이루어져 있었던 것이에요. 결국 고려에서도 여진 정벌을 위한 기병 부대인 별무반이 만들어졌어요.

1107년, 윤관은 17만 대군을 이끌고 당당하게 전쟁터로 나갔어요. 그들은 여진을 무찔러 북쪽으로 멀리 내쫓은 후 동북 9성을 쌓았지요. 하지만 삶의 터전을 빼앗긴 여진은 계속해서 동북 9성을 침입했어요. 그래도 안 되니까 조공을 바칠 테니 동북 9성을 돌려 달라고 했지요. 그래서 고려는 1109년에 여진에게 동북 9성을 돌려주었답니다.

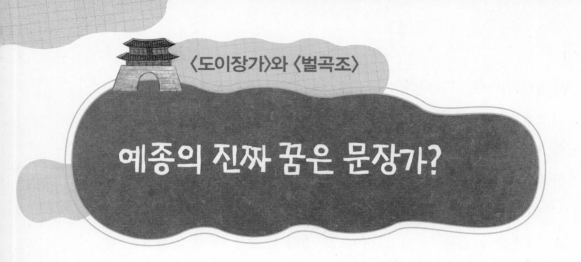

예종의 진짜 꿈은 문장가?

1120년의 어느 가을밤, 궁궐 안의 적막한 뜰을 서성이는 두 사람이 있었어요.

"폐하, 밤이슬이 제법 차갑습니다. 이러다 옥체가 상하기라도 하면 어찌 하시려고……."

"자네 말소리 때문에 귀뚜라미 울음소리가 끊겼잖은가. 숨소리도 주의하시게."

문신 곽여가 입을 다물자 귀뚜라미 소리가 점차 커졌어요. 달빛 아래 눈을 지그시 감은 이는 제16대 왕 예종이었어요. 예종은 얼마 전의 일을 생각하고 있었어요.

서경에서 열린 팔관회에 참석한 예종은 이상한 광경을 보았어요. 관복을 입고 가면을 쓴 두 사람이 말을 타고 뛰어다녔지요.

그 둘은 신숭겸과 김락의 허수아비였어요. 태조가 고려를 세우는 과정에서 목숨을 잃을 뻔했을 때 태조를 대신해서 죽은 공신들이지

요. 훗날 팔관회에서 신하들과 즐거운 시간을 보내던 태조는 문득
두 사람이 생각났어요. 이들을 추모하고자 신하 두 사람이 두 공신
의 가면을 쓰고 허수아비 놀이를 한 것이 팔관회의 풍속으로 자리
잡게 되었지요.

이야기를 듣고 감격한 예종이 그 자리에서 시문을 지었어요.

님을 온전하게 하시기 위한 그 정성은 하늘 끝까지 미치심이여,
그대의 넋은 이미 가셨지만 일찍이 지니셨던 벼슬은 여전히 하
고 싶으심이여, 오오! 돌아보건대 두 공신의 곧고 곧은 업적은
오래오래 빛나리로소이다.

이렇게 예종의 대표작 〈도이장가〉가 만들어졌지요.
예종의 창작 활동은 여기에서 그치지 않았어
요. 예종은 신하들에게 자신의 정치에 대해
자유롭게 의견을 달라고 말했어요. 하지만
아무도 나서지 않자 이를 한
탄하며 신하들을 잘 우는 새
인 뻐꾸기에 비유하는 〈벌곡
조〉라는 작품을 썼어요. 뿐만
아니라 시인이나 은둔 선비와
주고받은 시문을 엮은 《예종
창화집》도 펴냈답니다.

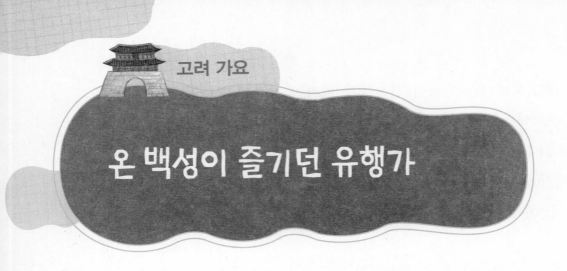

온 백성이 즐기던 유행가

예종의 작품 〈도이장가〉는 후대의 학자들에게 큰 과제를 남겨 주었어요. 신라 시대에 유행하던 향가와 고려 시대에 나타난 고려 가요의 딱 중간에 있는 형식이어서 어디로 분류해야 할지 몰랐거든요. 이런 작품이 또 있었어요. 의종 때 귀양을 가게 된 신하 정서가 왕을 그리워하며 지은 〈정과정〉도 향가와 고려 가요의 특징을 모두 지니고 있었지요. 긴 논의 끝에 이 둘을 일컬어 향가의 특징을 지닌 고려 가요라는 뜻의 '향가계여요'로 분류했어요.

향가에서 고려 가요로 넘어가는 시기를 지나 고려 가요가 속속 나타났어요. 고려 가요는 남녀노소 할 것 없이 흥얼거리며 입에서 입으로 전해지던 노래였어요. 백성들의 노래라는 뜻에서 '고려 속요'라고 부르기도 한답니다. 매우 긴 가사 때문에 '장가'라고 부르기도 했고요.

고려 가요는 대개 백성들 사이에서 만들어져 표현이 소박하고 그

당시 사회의 모습과 백성들의 삶이 솔직하게 드러나 있어요. 입에서 입으로 널리 퍼지던 고려 가요는 한글이 만들어진 다음에 정식으로 기록되었지요. 그런데 이 과정에서 웃지 못할 일도 있었어요.

"에잇, 이게 뭔가! 어찌 이렇게 음란한 말을 입에 올릴 수 있단 말인가!"

보수적인 조선 시대의 관리들은 솔직하기 그지없는 백성들의 이야기에 그만 얼굴이 시뻘게졌어요. 결국 남녀 사이의 사랑을 읊은 이야기나 노랫말이 속된 것은 문헌에 싣지 못한다는 규정에 따라 많은 작품이 사라지고 말았답니다. 이들이 한글로 옮긴 고려 가요는 《악학궤범》, 《악장가사》, 《시용향악보》 등에 전해지고 있어요.

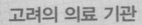

약은 혜민국에, 진료는 동서 대비원에!

눈 내리는 개경의 밤거리를 초라한 옷차림의 여인이 갓난아이를 가슴에 품고 걸어가고 있었어요. 여인은 추위에 떨다 쓰러지면서 정신을 잃고 말았어요.

한참을 지나 여인이 정신을 깬 곳은 따뜻한 방 안이었어요. 여인의 옆에는 한 낯선 여인이 앉아 있었어요.

"우리 아기는 어디 있나요? 여기는 어디인가요?"

"아기는 옆방에서 치료를 받고 있으니 안심하세요. 이곳은 동 대비원입니다."

'대비'는 중생을 고통에서 건져 주는 부처의 큰 자비를 이르는 말이에요. 대비원은 고려 시대 때 환자를 치료해 주는 병원이자 가난한 사람을 돕는 곳이었어요. 약초와 식량을 미리 준비해 두었다가 병들고 굶주린 사람이 오면 도움을 주고 쉬어 갈 수 있게 해 주기도 했고요.

정식 역사 기록에는 1049년에 문종의 명에 따라 수도 개경의 동쪽에 동 대비원, 서쪽에 서 대비원을 두면서 동서 대비원이 생겼다고 되어 있어요. 하지만 1036년인 정종 때 동 대비원에 대한 기록이 남아 있는 것을 보면 그전부터 있었다는 이야기가 되지요. 그래서 동서 대비원이 지어진 정확한 시기는 알 수 없답니다.

　　바늘 가는 데 실 간다고 병원이 생겼으니 약국이 빠질 수 없겠지요? 예종은 1112년에 혜민국이라는 약국을 만들었어요. 이곳에서는 나라에 전염병이 퍼지는 것을 막고 가난한 백성에게 무료로 약을 나누어 주었어요. 혜민국에도 동서 대비원처럼 의학 지식이 있는 의관과 그를 도울 관리가 있었답니다.

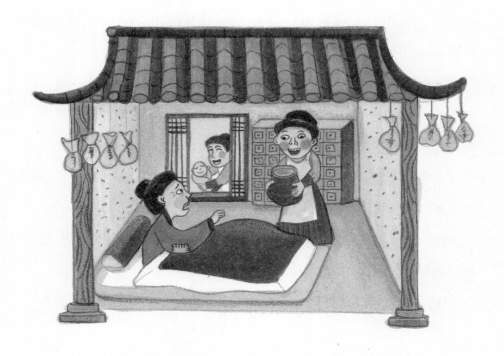

호랑이 새끼를 몰라본 고려

고려는 동북 9성을 여진에게 돌려주는 것으로 모든 것이 끝났다고 생각했어요. 하지만 그것은 큰 착각이었어요. 이후 여진은 악착같이 세력을 키워 만주 벌판을 장악하고 1115년에 금나라를 세웠어요. 금은 거란이 세운 요나라를 멸망시키고 강대국이 되어 고려에 금을 섬기라고 요구했어요. 관계가 역전된 것이에요.

이 기막힌 상황을 어떻게 해결할지 신하들은 의견이 분분했어요.

"어떻게 이럴 수가 있습니까? 그들이 도리어 우리에게 신하가 되어 금을 섬기라고 하다니요."

"누구를 탓할 것 없습니다. 동북 9성을 돌려준 데에서부터 일을 그르친 것입니다."

"마치 본인은 동북 9성을 돌려주면 안 된다는 입장이었던 듯 말씀하십니다그려."

"뭐라고요? 지금 나 들으라고 하는 소리요?"

모두 분노했지만 딱히 결정을 내리지 못하고 한 사람의 눈치만 살피고 있었어요. 그 사람은 당시 정권을 장악하고 있던 문벌 귀족 이자겸이었어요. 왕을 넘어설 정도의 권력자였지요.

이자겸은 전쟁이 일어나면 권력을 유지하기 어렵다고 생각했어요. 그를 따라 다른 문벌 귀족들도 금에 맞서지 말자고 주장했어요. 원래 권력을 쥐고 있는 자는 자신이 권력을 계속 유지할 수 있는 선택만을 하지요.

고려에서는 금의 굴욕적인 요구를 받아들이는 조건으로 평화를 이어 가게 되었어요. 당시 19세의 어린 나이에 성품이 어질었던 제17대 왕 인종은 이자겸에 눌려 기도 제대로 못 편 채, 그의 뜻에 따르기만 했답니다.

이씨가 왕이 될 것이다!

인종 때 이르러 문벌 귀족의 권력이 최고에 이르렀어요. 그중 문종 때부터 왕실과 혼인 관계를 맺어 온 이자겸의 위세가 대단했지요. 이자겸의 둘째 딸이 예종의 왕비였고, 셋째 딸과 넷째 딸이 그당시 인종의 왕비였거든요. 이자겸은 왕과 다를 바 없이 행동하며막강한 권력을 휘둘렀어요. 여진 정벌 때 큰 공을 세운 척준경도 이자겸과 가까이 지내며 권력을 누렸지요.

그때 인종을 따르던 신하들이 이자겸을 없애 버리려고 했어요. 그러나 이자겸은 척준경의 도움으로 그들을 죽이고 궁궐에 불까지 질렀지요. 이자겸은 슬슬 욕심이 생겨났어요.

'이참에 아예 왕이 되어 버릴까?'

역사적으로 나라가 혼란스러우면 앞날을 암시하는 예언이 자주 퍼졌어요. 당시에는 '십팔자가 왕이 될 것'이라는 예언이 퍼졌는데, 어느 날 이자겸은 종이에 무심코 '十(십)八(팔)子(자)'라고 썼다가 화들짝 놀랐어요. 이 글자를 하나로 합치면 자신의 성씨인 '李(이)'라는 글자가 되는 것이 아니겠어요?

'내가 고려의 왕이 될 운명이다!'

이자겸은 인종을 독살하려고 했지만 둘째 왕비인 자신의 딸이 눈치를 채는 바람에 실패했어요. 더는 참을 수 없던 인종은 척준경에게 몰래 사람을 보내 설득했어요. 이즈음 척준경과 이자겸의 사이가 별로 좋지 않다는 소문이 있었지요.

척준경은 인종의 편으로 돌아서서 이자겸을 물리쳤어요. 권력을 제멋대로 휘두르며 부귀영화를 누리던 이자겸은 한순간에 몰락해 버리고 말았답니다.

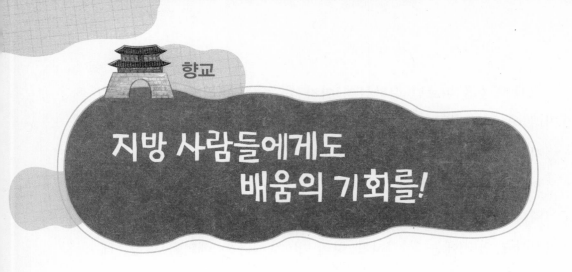

지방 사람들에게도 배움의 기회를!

고려 시대의 학교는 수도인 개경에 몰려 있었어요. 교육을 중시한 성종은 수도 개경에 국립 대학 격인 국자감을 세웠어요. 뒤이어 생겨난 12도 역시 개경으로 몰렸지요. 지방에 사는 사람들은 부모님이나 동네 어른께 가르침을 받는 정도였어요. 지방에 산다는 이유만으로 꿈을 펼칠 기회조차 없었어요.

사실 성종은 지방에 먼저 교육 기관을 세웠답니다. 전국의 주요 행정 구역인 12목을 비롯한 군·현에 향학당을 짓고 박사들을 보내 지방 학생을 가르치게 했지요. 하지만 국자감과 12도가 등장하면서 모든 교육 열기가 개경으로 쏠리게 되었어요. 그렇게 아무 발전 없이 긴 세월이 흘렀어요.

인종은 개경과 지방의 교육 격차가 심해지는 것을 안타깝게 여겼어요. 나라에서 장려하는 학문과 사상을 널리 가르치는 데에도 한계를 느꼈지요. 결국 인종은 다음과 같이 명령했어요.

"지역마다 국립 교육 기관을 설치해서 지방 사람들에게도 교육의 기회를 제공하라."

그래서 향학당이 세워진 지 30년 만에 향교가 세워졌어요. 향교는 유교 교육과 지방 문화 향상에 중점을 두었어요. 하지만 크게 일어나지 못하고 나라 상황에 따라 쇠퇴와 부흥을 오가며 조선 시대까지 이어지게 되었답니다.

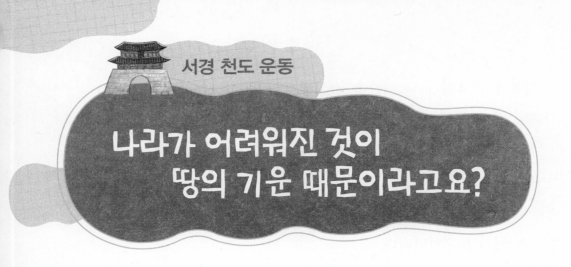

나라가 어려워진 것이 땅의 기운 때문이라고요?

이자겸의 난으로 망가진 궁궐을 수리하는 곳에서 사방을 둘러보고는 혀를 끌끌 차는 사람이 있었어요. 이상한 행동을 하는 그 사람은 묘청이라는 승려였어요.

서경에서 온 묘청은 풍수지리에 뛰어난 사람이었어요. 묘청을 개경에 데려온 사람은 서경 출신의 정지상이었어요. 묘청은 정지상에게 왕을 뵙게 해 달라고 부탁했어요.

"개경의 땅기운이 다했으니 수도를 땅기운이 왕성한 서경으로 옮겨야 하옵니다."

"과거 왕도 실패했던 일을 어찌 반복하려 하느냐."

"그리해야 고려가 천하의 중심이 되어 금나라를 비롯한 모든 나라가 조공을 바칠 것입니다."

다른 신하들이 반대했지만 정지상을 비롯한 서경 세력은 굴하지 않고 계속 주장했어요. 결국 인종은 서경에 대화궁이라는 궁궐을

지으며 수도를 옮기려고 했어요.

"폐하, 저들의 말에 흔들리지 마시옵소서!"

대표적인 문벌 귀족이었던 김부식 등 개경 세력은 강하게 반대했어요. 인종은 가운데에서 갈피를 잡지 못했어요. 겉으로는 수도를 옮기느냐 마느냐 하는 문제였지만 실은 서경 세력과 개경 세력의 싸움이었던 것이에요. 개경 세력은 인종이 서경으로 가지 못하게 붙잡아 두었어요.

기다리다 지친 서경 세력은 1135년에 묘청을 중심으로 서경에서 반란을 일으켰어요. 하지만 김부식이 직접 나서 정지상, 김안, 백수한 등을 죽이고 서경으로 가서 반란을 진압했지요. 결국 묘청의 난은 1년여 만에 막을 내리게 되었답니다.

고려 역사가 끝나야 끝날 싸움

개경 세력과 서경 세력의 싸움은 하루 이틀의 일이 아니었어요. 언젠가 터져야 할 일인 서경 천도 운동이 빌미가 되었을 뿐이었지요. 두 세력은 고려가 세워진 이후로 늘 시한폭탄처럼 불안했어요.

두 세력의 싸움은 혜종 때 시작되었어요. 당시 왕규와 박술희를 중심으로 한 개경 세력과 왕식렴 중심의 서경 세력이 있었지요. 그런데 정종이 왕식렴의 도움으로 왕규와 박술희를 없애고 왕이 되었어요. 형제인 정종과 광종이 연달아 왕위를 이어 가면서 서경 세력의 시대가 왔지요. 하지만 광종이 과거 제도를 실시하면서 자연스럽게 문신을 우대하는 분위기가 되었어요. 뿌리 깊은 문벌 귀족이었던 개경 세력이 다시 기를 펴면서 무신과 호족 중심이었던 서경 세력은 자연히 소외되었지요.

그런데 이자겸의 난이 일어나면서 상황이 뒤바뀌었어요. 문벌 귀족이 왕권을 위협하게 되었지요. 인종은 상황의 심각성을 깨닫고 왕

114

권을 강화하려고 했어요.

서경 세력이 이런 좋은 기회를 놓칠 리가 없었지요. 서경 세력을 대표하는 묘청은 풍수지리를 내세우며 수도를 서경으로 옮겨야 한다고 주장했어요. 수도를 옮기면서 개경 세력의 기세를 꺾고 왕권을 강화해서 새로운 정치를 펼치려고 했지요. 당연히 개경 세력은 강하게 반대했어요. 이로 인해 김부식으로 대표되는 개경 세력과 묘청으로 대표되는 서경 세력이 정면으로 맞붙게 되었답니다.

서경 세력은 고려 왕을 당당하게 황제라 부르고 북진 정책을 펼쳐 금나라를 정벌해야 한다고 생각했어요. 반면 개경 세력은 금과 좋은 관계를 유지할 것을 주장하며 북진 정책도 반대했지요. 결과는 묘청의 난이 실패하면서 개경 세력의 승리로 끝나게 되었답니다.

김부식이 정지상을 질투했다고요?

묘청의 난을 진압할 때 김부식이 가장 먼저 없앤 사람은 정지상이에요. 그런데 이를 두고 사람들은 말이 많았어요. 정지상이 반란에 직접 관련이 있다는 증거가 부족했거든요. 사람들은 질투에 눈이 먼 김부식이 묘청의 난을 기회 삼아 정지상을 없앴다고 수군댔어요. 두 사람 사이에 무슨 일이 있었던 것일까요?

서경의 한 가난한 집에서 태어난 정지상은 타고난 재능이 있었어요. 5세 때 강물에 떠 있는 해오라기를 보더니 아무렇지 않게 이런 말을 했어요.

"어느 누가 흰 붓을 가지고 을(乙) 자를 강물에 썼는고."

이처럼 정지상은 어려서부터 시를 잘 짓고 글솜씨가 뛰어났지요. 예종 때 과거에 급제한 정지상은 문신을 매우 아꼈던 인종의 총애를 받아 관직을 맡게 되었어요. 김부식, 윤관 등 이름난 문장가들과 어깨를 나란히 하며 이름을 날리게 되었지요. 정지상이 나타나기 전까지는 김부식이 개경에서 이름을 날리고 있었어요. 김부식은 시보다 산문에 뛰어났지요.

많은 사람이 두 사람의 미묘한 관계를 흥미로워했어요. 이규보는 두 사람을 주인공으로 《백운소설》을 쓰기도 했어요. 김부식은 시를 잘 짓는 정지상에 대한 열등감 때문에 정지상을 죽였지만, 정지상이 귀신이 되어 나타나 김부식이 지은 시를 비웃고 괴롭혀 결국 김부식을 죽음에 이르게 했다는 내용이에요. 당시의 사람들이 두 사람의 관계를 어떻게 생각했는지 드러난 글이지요.

우리 역사상 가장 뛰어난 서정 시인이라는 정지상. 오늘날 그의 시가 몇 편밖에 전해지지 않아 안타까울 뿐이에요.

《삼국사기》

우리나라 최초의 역사책

　인종은 고려 건국 전인 통일 신라가 어떤 나라였는지 궁금했어요. 궁궐의 서고를 열심히 뒤졌지만 신라의 역사책을 찾을 수 없었지요. 고구려와 백제의 역사책도 없었고요. 고려에 삼국 시대의 역사책이 하나도 없다는 사실에 인종은 깜짝 놀랐어요. 역사책은 한 시대의 정치와 제도, 사람들의 생활 풍습과 역사적 사건을 후손들이 알 수 있는 귀중한 자료인데 말이지요.

　'역사책은 문장이 훌륭하고 생각이 올바른 자가 써야 하는데.'

　적임자를 찾던 인종은 관직에서 물러나 있던 김부식을 떠올렸어요. 인종의 명령으로 1145년에 김부식과 8명의 인재가 한자리에 모였어요. 이렇게 현재 남아 있는 우리나라 최초의 역사 이야기인 《삼국사기》가 편찬되었어요. 왕의 명령으로 쓰이고 나라에서 인정한 첫 역사책이지요.

　김부식은 《삼국사기》를 만드는 이유에 대해 "오늘날 학자들이 중국의 경전과 역사는 줄줄 외우면서 우리 역사는 잘 모르므로 우리나라 왕과 신하의 선악, 국가의 흥망과 정치의 장단점을 밝혀 교훈을 삼고자 한다.”고 밝혔어요.

《삼국사기》는 중국의 역사책에 나온 우리나라에 대한 기록을 참고해서 만들었어요. 김부식을 비롯해서 함께 일한 사람들은 유학자였어요. 그래서 《삼국사기》에 불교나 전통 사상에 대해서는 빠뜨리기도 했지요.

오랜 시간 고생한 끝에 50권으로 이루어진 《삼국사기》가 완성되었어요. 역사적으로 매우 뜻깊은 일이었지만 아쉬운 점도 있었어요. 신라 왕족의 후손인 김부식이 신라를 더 중요하게 다루었거든요. 그렇지만 《삼국사기》가 우리 역사에서 중요한 가치가 있는 책이라는 것은 변함이 없답니다.

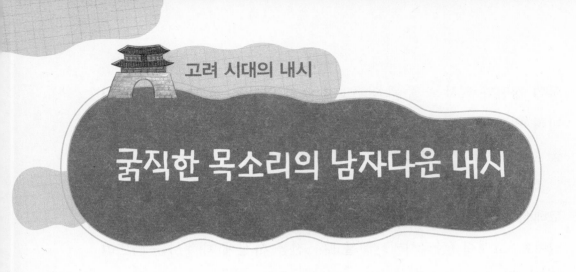

굵직한 목소리의 남자다운 내시

　내시라고 하면 가장 먼저 가느다란 목소리가 떠올라요. 제2차 성징기가 오면 남자는 호르몬 때문에 목소리가 굵어지는데 내시는 거세를 해서 남성 호르몬이 나오지 않아 목소리가 가늘지요. 거세를 하면 수염이 나지 않고 행동이 여성스럽게 바뀐다고 해요. 그런데 고려 시대 내시는 좀 달랐어요. 목소리가 굵직하고 아주 남자다웠답니다. 어떻게 그럴 수 있었을까요?

　고려 시대의 내시는 귀족 가문의 자식으로만 골라 뽑았어요. 궁궐에 머물면서 왕을 보필하고 중요한 일을 처리하는 매우 높은 관직이었지요. 그에 비해 환관이라는 직책은 대개 천민 출신으로 거세되어 궁궐 안의 잔심부름, 청소 등 여러 가지 잡일을 맡아하는 사람이었어요. 우리가 알고 있는 내시가 실은 환관이지요.

　고려 중기까지는 내시와 환관이 나뉘어 있었어요. 그런데 훗날 고려가 원나라의 간섭을 받게 되면서 상황이 달라졌어요. 원에서 황실의 일꾼으로 쓰려고 환관을 보내 달라고 했어요. 황실의 궁녀와 눈이 맞는 일을 피하고자 했지요. 그래서 원으로 건너간 환관들이 내시의 자리를 대신하며 높은 자리까지 올랐던 것이에요.

이때부터 내시와 환관의 구분이 사라지고 내시가 궁궐에서 시중 드는 거세된 남자를 이르는 말이 되었답니다. 목소리 가느다란 내시 는 고려 중기 이후부터라고 생각하면 되지요. 굵직한 목소리에 수염 이 있던 원래의 내시들이 이 사실을 알면 억울하겠지요?

고려장에 대한 오해

이름만 고려장!

옛날에 나이 많은 어머니를 모시고 사는 아들이 있었어요. 어머니를 모시기 힘들었던 아들은 몹쓸 생각을 하게 되었어요. 어머니를 몰래 산에 버리려고 했지요. 아들은 어머니를 지게에 태우고 산을 올랐어요. 깊은 산속에 다다랐을 때 아들은 어머니에게 잠시만 소변을 보고 오겠다고 말했어요. 아들은 어머니를 두고 울면서 산을 내려왔어요.

위의 이야기는 입에서 입으로 전해지는 고려장 이야기예요. 요즘 자식들이 나이가 드신 부모님을 나 몰라라 하는 일이 있어요. 사람들은 이런 일을 보면 '현대판 고려장'이라고 말하기도 하지요. 그런데 고려장은 정말로 고려 시대의 풍습일까요?

많은 사람이 여기에 궁금증을 품고 연구했지만 고려장에 대해 아무런 역사적 자료나 유물을 찾을 수 없었어요. 오히려 고려 시대에는 자식이 부모를 모시지 않거나 부모가 죽은 다음에 예를 다하지 않으면 나라에서 벌을 줄 만큼 효를 중시했지요. 이름이 비슷한 고구려의 역사에서도 그런 풍습은 찾을 수 없었어요. 그런데 어째서 고려장으로 불리는 것일까요?

여기에는 여러 가지 추측이 있어요. 첫째, 일제 강점기 때 일본 사람들이 우리 문화를 말살하려고 지어낸 이야기라는 것이에요. 한 일본 사람은 마치 우리나라의 역사적 사실인 듯이 '늙은 아버지를 내다 버린 자'라는 동화를 쓰기도 했지요.

둘째, '기로 전설'이라는 민간 설화가 고려 풍습이라고 잘못 전해졌다는 것이에요. 나이 든 아버지를 버리려다가 잘못을 뉘우치고 함께 돌아왔다는 내용의 설화이지요. 여기에서 기로가 고려로 잘못 알려졌다는 것이에요. 이러한 설화는 우리나라뿐만 아니라 세계 여러 나라에 비슷한 내용으로 퍼져 있다고 해요.

이처럼 고려장은 이름과 달리 고려 시대의 풍습이 아니예요. 고려뿐만 아니라 우리 역사 그 어디에도 없는 나쁜 풍습이랍니다.

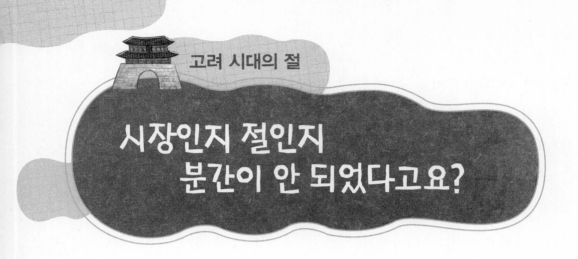

시장인지 절인지 분간이 안 되었다고요?

널찍한 마당을 빙 둘러서 상인들이 자리를 잡고 있어요.

"오늘 아침 밭에서 캐낸 채소입니다. 싱싱할 때 가져가세요!"

"저기 입구에서 파는 물건이 더 싱싱한 것 같던데."

"저기에서 여기 걸어오는 사이에 시력이 나빠진 것 아니오?"

활기찬 분위기에서 농담이 오가고 값을 흥정하느라 실랑이가 벌어졌어요.

이곳은 어디일까요? 귀를 기울이면 희미한 목탁 소리가 들리는 이곳은 바로 절이랍니다. 오늘날 우리가 생각하는 절의 모습과는 다르지요. 어찌 된 일일까요?

고려 시대에는 절을 지을 때 나라에서 공사 비용과 땅을 후하게 내려 주었어요. 절을 짓고도 땅이 많이 남았지요. 그래서 절에서는 남는 땅을 활용해서 돈을 벌기 시작했어요.

여행자를 위한 '원'이라는 숙박 시설을 짓고, 농민에게 땅을 빌려 주고 그 대가로 돈이나 곡식도 받았어요. 절에 머무는 승려들의 식사를 모두 해결하고도 남는 곡식은 다시 농민에게 빌려 주고 이자를 받기도 했지요.

이때 승려들이 생활하는 데 필요한 물건과 행사에 필요한 각종 물건을 팔려고 절에 들르는 상인들이 있었어요. 서로 필요한 물건을 맞바꾸기도 하고 돈을 주고 사기도 했지요. 승려들이 직접 만든 종이와 기와도 팔기 시작했어요. 일반 백성들까지 몰리면서 절은 그야말로 시장처럼 되었지요.

목탁을 치고 경전을 읽는 점잖은 승려들이 물건을 사고팔았다니 쉽게 상상이 되지는 않지요?

엄청나게 크고 못생긴 불상

　고려 불상을 처음 보면 못생긴 모습에 키득거리게 되지요. 하지만 볼수록 어딘가 모르게 친근하고 다정하게 느껴져요. 고려 사람들에게 부처는 멀리 있는 신비로운 존재이기보다 늘 곁에서 함께하는 존재였답니다.

　태조가 불교를 국교로 선포하면서 지방 호족들은 자신이 사는 지역에 불상을 세우기 시작했어요. 자신의 힘과 불심을 동시에 자랑하는 수단이었지요. 불상이 클수록 돈과 인력도 많이 필요했으니까요. 마치 어느 마을 불상이 더 큰지 경쟁하는 것 같았어요. 백성들도 불상이 클수록 부처의 덕을 많이 누릴 수 있다고 생각했어요.

　그런데 불상을 크게 만들다 보니 세심하게 다듬기도 어려워지고 비율도 조금씩 어긋나게 되었어요. 전문 석공이 아닌 일반 백성들이 불상을 만들었다는 점도 한몫했지요. 크게 많이 만들다 보니 비싼 재료보다는 쉽게 구할 수 있는 돌을 재료로 썼어요. 이러한 이유 때문에 돌로 만든 불상이 많아졌어요. 산속에 있는 큰 바위의 앞면에 새겨 만든 불상은 석판화처럼 보이기도 했고요. 아예 자연 암벽을 몸체로 이용하고 목과 머리만 따로 조각해서 올리기도 했답니다.

  고려 시대의 불상이 못생긴 이유를 통일 신라 말부터 고려 초에 선종이 전파된 데에서 찾기도 해요. 내면의 깨우침을 중시한 선종의 영향으로 겉으로 보이는 것에 상대적으로 소홀해졌다고요. 외모가 전부가 아니라는 것을 말하고 있다니 좀 달리 보이지 않나요?

아들딸 구별 없던 시절

옛날에는 여자아이보다 남자아이를 더 좋아하는 남아 선호 사상이 뿌리 깊게 자리 잡고 있어 남녀 차별이 심했어요. 남아 선호 사상은 아버지 쪽의 핏줄을 중시하는 사회에서 나타나는 현상이지요. 그런데 정말 옛날부터 남녀 차별이 심했을까요?

고려 시대에는 남녀가 혼인을 올리면 남자가 여자 집에서 한동안 살았어요. '장가간다'는 말에서 장가는 장인의 집을 뜻하지요. 남편은 부인 집에서 몇 년 동안 처가살이를 했어요.

또한 남편이 죽으면 아들이 가장이 되지 않고 부인이 가족을 대표하게 되어 여성의 경제력이 강했어요. 부모가 죽으면 아들과 딸이 재산을 고루 받았지요. 딸이 부모를 모시거나 제사를 지내기도 했고요. 족보에도 아들만 올리지 않고 태어난 순서대로 공평하게 올렸어요.

여자들의 이혼이나 재혼도 자유로웠지요. 고려 시대 여자들은 자신의 권리를 누리며 당당하게 살았답니다.

이처럼 고려 시대의 남녀평등은 요즘과 비교해도 뒤처지지 않았어요. 오히려 남아 선호 사상으로 생긴 남녀 차별은 유교 중심의 조선 시대 때 정착된 것이랍니다.

조반 부부의 초상 조반은 고려 말 관리인데, 부인의 초상을 함께 남길 정도로 남녀 차별이 없었음을 보여 주지요.

봉수 제도

낮에는 연기로, 밤에는 불로!

국경을 늘 살피는 것은 나라를 지키기 위한 기본적인 의무예요. 제18대 왕 의종은 1149년에 군사 통신 수단인 '봉수 제도'를 만들었어요. 높은 산 위에 봉수대를 만들어 밤에는 횃불, 낮에는 연기로 적의 침입이나 중요한 정보를 개경에 알리게 했어요. 봉수 제도는 삼국 시대 때부터 시작되었는데 의종 때에야 처음 봉수대를 설치한 것으로 추측되지요. 그 후 조선 시대에 전국적으로 봉수대를 완성했어요.

봉수대의 연기나 불은 평상시에는 1개, 적이 나타나면 2개, 국경에 접근하면 3개, 국경을 넘으면 4개, 우리 군과 전투가 시작되면 5개의 봉수를 올렸어요. 불을 피울 때 싸리나무에 이리의 똥을 섞으면 연기가 똑바로

올라갔어요. 하지만 이리의 똥을 구하기 어려워 소나 말의 똥으로 대신했지요.

　단점도 있었어요. 신호가 다섯 개밖에 없어서 자세한 상황을 알 수 없었지요. 또 날씨 탓에 봉수가 소용없는 경우도 있었답니다.

국내 최대 규모의 조선 시대 봉수대, 알고 보니 고려 시대 유물

　부산광역시 기장군에 위치한 국내 최대 규모의 남산 봉수대는 조선 시대 초에 쌓아서 만들어진 것으로 알려져 있었어요. 그런데 최근 고려청자 조각이 발견되면서 이곳이 고려 때 만들어진 사실이 밝혀져 화제가 되었답니다. 그동안 조선 초기인 1425년에 쓰인 《경상도지리지》에 처음 등장한다는 점에서 고려 시대에 봉수대가 있었을 것이라고 추측만 했지요. 이번에 발견한 부속 건물터 등도 지금까지의 봉수대 발굴 조사에서는 유례를 찾아볼 수 없을 정도로 보존이 잘되어 있어요. 이번 발굴 조사 결과 남산 봉수대는 현재까지 남한에서 발굴된 봉수대 가운데 가장 크며, 고려 성종 때인 985년에 설치된 것으로 추측하고 있어요. 물론 정확한 사실은 더 발굴 조사를 해 봐야 알 수 있답니다.

술 마시는 왕, 시 읊는 문신

학교 대표 달리기 선수인 인수가 달리기 대회를 마치고 등교한 날이었어요. 교실 앞 게시판에 붙어 있는 전교생 체육 대회 참가자와 응원단을 본 인수는 자기 눈을 의심했어요.

"어, 내가 응원단에 들어가 있네?"

알고 보니 반 아이들에게 인기가 많은 민혁이가 이어달리기에 꼭 나가고 싶다고 했대요. 인수는 황당했어요.

학교 대표 달리기 선수인 인수가 체육 대회 이어달리기 주자가 되지 못하다니 이해할 수 없는 상황이지요? 고려 사회도 마찬가지였어요. 묘청의 난을 진압했던 김부식을 떠올려 보세요. 김부식은 산문에 뛰어난 문신이었어요. 무예에 뛰어난 무신들을 두고 난을 진압하러 문신을 내보내다니요. 무신의 자리를 문신이 차지한 경우도 많았어요. 무신이 받을 수 있는 가장 높은 벼슬을 정3품으로 정해 두고 나라의 중요한 일을 정하는 회의에는 정2품부터 참가 자격

을 주었어요. 무신들의 불만은 쌓여만
갔지요.

　무신이 이 정도인데 일반 군사의 대우
는 말할 것도 없었어요. 평상시에도 나라
에서 벌이는 토목 공사나 부역에 동원되었어요. 군사들은 봉급 대
신 땅을 받았는데 이마저도 잘 지켜지지 않았지요. 오히려 자신의
땅을 관리에게 빼앗기는 경우까지 있었어요. 군사로서의 자부심도
잃고 궁핍한 생활을 했지요.

　문신을 편애하고 무신을 천시하는 분위기는 의종에 이르러 극에
달했어요. 의종은 많은 정자를 지어 놓고 번갈아 가며 문신들과 놀
러 다녔지요. 술 취한 문신들이 시를 읊으면 의종은 흡족해하며 술
을 마셔 댔어요. 모두가 즐거웠어요. 반나절이고 한나절이고 곁에
서서 호위해야 하는 무신들만 빼놓고요.

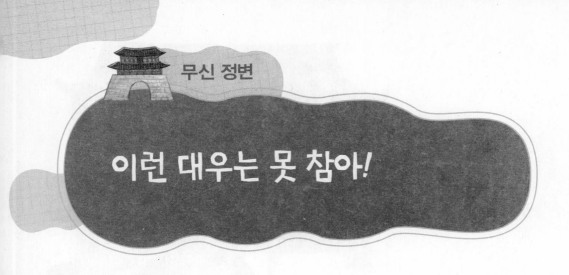

무신 정변

이런 대우는 못 참아!

8월의 어느 날, 의종은 보현원으로 놀이를 갔어요. 가는 길에 더위에 지친 의종은 쉬면서 문신들과 술을 마셨어요. 한참 웃고 떠들다 보니 곁에 선 무신들이 힘들어하는 것이 눈에 들어왔어요. 의종은 눈요기도 하고 무신들의 활기도 돋울 겸 수박희를 시켰어요. 수박희는 맨손으로 겨루는 시합이지요.

무신들은 하나도 즐겁지 않았어요. 나이가 많은 대장군 이소응은 젊은 무신과 겨루다가 힘에 부쳐 뒷걸음질만 쳤어요. 그런 이소응을 보고 문신들은 큰 소리로 비웃었어요. 그때 젊은 문신 한뢰가 이소응의 뺨을 때렸어요.

"대장군 나리께서 어찌하여 젊은이 하나 넘기지 못한단 말이오?"

술에 취해 사리판단이 흐려진 의종도 문신들과 함께 손뼉을 치며 웃었어요. 대장군 정중부를 비롯한 무신들은 몹시 분노했어요. 분에 못 이겨 나서려던 무신 이고를 정중부가 막았어요.

그렇게 하루가 저무는 듯했어요. 의종과 일행은 밤늦게 보현원에 도착했어요. 뜰 안으로 모두 들어서고 문이 닫히자 정중부가 칼을 뽑으며 소리쳤어요.

"문관의 관을 쓴 자는 모조리 죽여라!"

이의방, 이고 등 무신들이 기다렸다는 듯이 칼을 뽑아들었어요. 순식간에 보현원 앞뜰이 아수라장이 되었지요. 여기저기에서 살려 달라는 소리가 들렸지만 오랜 세월 쌓인 무신들의 분노를 누를 수는 없었어요. 한뢰를 비롯해 수많은 문신이 죽었어요. 무신들은 의종도 폐위시키고 거제도로 쫓아낸 다음 의종의 동생을 왕으로 세웠어요. 이때부터 문신이 아닌 무신이 권력을 차지하게 됨으로써 무신 정권이 시작되었답니다.

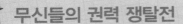

문신을 찌른 칼로
서로를 찌른 무신들

무신 정변의 진짜 주동자는 이의방과 이고였어요. 이들은 뒤에서 무신 정변을 적극 계획했어요. 두 사람은 야망이 많았지요.

무신 정변 직후에는 이의방과 이고 그리고 정중부가 무신들을 대표했어요. 하지만 위태로운 평화는 금방 깨지기 마련이지요. 이고가 이의방을 없애려고 계획을 세웠다가 들켰어요. 분노한 이의방이 이의민을 시켜 이고를 없앴어요.

오랜 세월 억눌린 권리를 찾겠다고 무신 정변을 일으킨 지 1년도 안 되어 자기들끼리 죽고 죽이는 일이 일어난 것이에요. 이의방과 이의민은 비난을 면할 수 없었어요.

1171년에 처음 정권을 잡은 이의방은 자기 측근들에게 벼슬을 주는 등 권력 놀음에 취했어요. 자신의 딸을 제19대 왕 명종과 혼인시키기도 했어요. 무신 정변을 일으킨 의미가 점점 없어졌지요. 곳곳에서 일어나는 난도 제대로 진압하지 못하자 모든 사람이 고개를

절레절레 내저었어요.

결국 이의방은 1174년 12월에 정중부에게 죽임을 당했어요. 명종의 비가 되었던 그의 딸도 궁궐에서 쫓겨났지요.

정중부에게 정권이 넘어왔어요. 정중부는 이의방이 해결하지 못한 일을 고스란히 떠맡게 되었지요. 북쪽의 조위총의 난과, 남쪽의 망이·망소이의 난을 모두 진압하고 왕실과 문신들과도 화해하려고 노력했어요.

그런데 등잔 밑이 어둡다고 욕심이 많은 정중부의 아들과 사위가 정중부의 얼굴에 먹칠을 하고 다녔어요. 정중부의 노력은 물거품이 되었고, 정중부는 1179년에 경대승에게 죽임을 당하게 되었지요. '칼로 흥한 자, 칼로 망한다.'는 말이 떠오르네요.

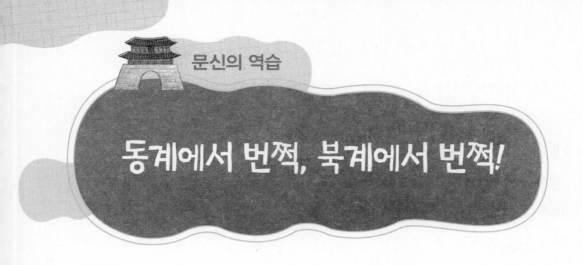

동계에서 번쩍, 북계에서 번쩍!

고려에는 동계와 북계라는 군사 지역이 있었어요. 국경을 지키려고 군사가 머무르고 있는 지역이지요. 동계에는 군사를 지휘하고 국방을 담당하는 동북면 병마사인 김보당이라는 문신이 있었어요. 김보당은 무신 정권을 물리치고 의종을 복위시키려는 계획을 세웠어요. 장순석 등과 힘을 합해서 군사를 일으키기로 모의했어요.

하지만 장순석 무리는 거제도에 가서 의종을 모시고 경주로 나왔다가 무신 정권에서 보낸 이의민과 박존위에게 모두 잡혀 죽었어요. 그런데 이렇게 끝

나는 듯했던 사건은 김보당의 말 때문에 참혹한 결과를 낳고 말았어요. 죽음을 앞둔 김보당이 물귀신처럼 이렇게 말했어요.

"문신이라면 누구나 이 모의에 함께했다!"

이 말에 무신들은 남아 있던 문신들을 닥치는 대로 죽이기 시작했어요. 무신 정변 때 겨우 목숨을 건진 문신들에게 때아닌 날벼락이 떨어졌지요. 겨우 살아남은 문신들은 산속으로 도망쳤어요.

한바탕 피바람이 불어닥치고 겨우 잠잠해졌나 싶었던 이듬해, 서경의 분위기가 심상치 않았어요. 무신 정권에 반대하는 세력이 난을 준비하고 있었지요. 병부상서 겸 서경유수인 조위총이 서경에서 군사를 일으키고 무신 정권에 반발했어요. 동계와 북계의 군사까지 합세해서 북쪽 지방을 점령하고 개경 부근까지 위협했지요.

성공하는 듯 보였던 조위총의 난은 결국 2년 만에 진압되었어요. 하지만 비록 실패했어도 이 난은 이의방에게 커다란 타격을 입혔어요. 이를 계기로 결국 이의방의 정권이 무너졌지요.

김보당의 난은 문신이 주축이 되어 무신 정권에 대항하는 성격이 강했다면, 조위총의 난은 문신인 조위총이 지휘하고 북쪽 지방에서 함께한 민란의 성격이 강했어요.

마지막 역습의 기회를 놓친 문신들은 무신 정권의 지배가 더욱 강화되는 결과를 불러왔답니다.

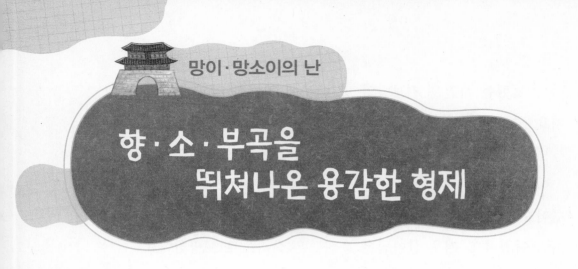

향·소·부곡을 뛰쳐나온 용감한 형제

향·소·부곡에 속했던 공주 명학소에 망이와 망소이라는 형제가 살았어요. 형제는 벌써 몇 년째 가진 것을 탈탈 털어 세금을 내며 근근이 살아가고 있었어요. 명학소 사람들도 같은 신세로 모두 불만이 쌓여 갔어요.

무신 정변이 일어나고 나라가 혼란에 빠지자 곳곳에서 봉기가 일어났어요. 그때 망이와 망소이 형제는 마음속에 같은 생각을 품었지요. 형제는 명학소 사람들을 불러 모으고 외쳤어요.

"여러분! 우리도 차별과 무거운 세금에서 벗어납시다!"

명학소 사람들은 무서운 기세로 공주를 점령했어요. 당시 무신 정권에서는 조위총의 난을 진압하느라 군사가 모자랐어요. 군사 3천 명을 보냈지만 분노한 명학소 사람들에게 지고 말았지요. 무신 정권은 할 수 없이 명학소를 충순현으로 승격시켜 주었어요.

"여러분, 여기서 그치면 안 됩니다! 이참에 우리의 힘을 확실히 보여 줍시다!"

명학소 사람들은 충주까지 나아가며 계속 세력을 키워 갔어요. 조위총의 난이 진압되면서 여력이 생긴 무신 정권에서도 적극 진압에 나섰지요. 궁지에 몰린 명학소 사람들은 어쩔 수 없이  무신 정권과 협상을 하고 일을 매듭짓기로 했어요.

그런데 무신 정권에서는 화해하는 척하다가 군사를 되돌려서 반란을 진압하려고 했어요. 분노한 망이와 망소이 형제는 명학소 사람들을 이끌고 개경으로 향했어요. 무신 정권에서도 강하게 나왔지요. 충순현을 다시 명학소로 강등시키고 이들과 맞섰어요. 결국 명학소 사람들은 진압되고 말았지요.

1177년 7월에 형제가 항복을 하면서 망이·망소이의 난은 끝이 났어요. 비록 실패했지만 향·소·부곡에서 난을 일으켰다는 사실은 고려를 깜짝 놀라게 한 용감한 행동이었답니다.

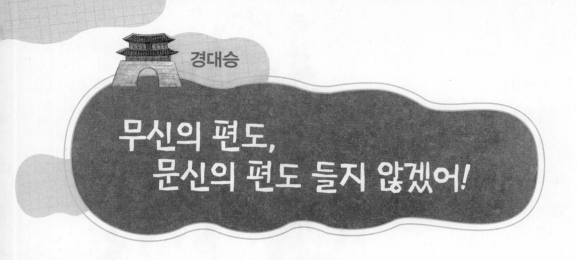

무신의 편도, 문신의 편도 들지 않겠어!

정중부 일당을 없애고 26세의 어린 나이에 최고 권력자가 된 경대승은 무신이면서도 문신과의 균형을 이루려고 했어요.

경대승은 좋은 집안 출신으로 15세 때 음서 제도로 무신이 되었어요. 무신 정변 이후 장군이 되었지요. 정중부 일당을 죽인 후 정권을 잡은 경대승은 문신과 무신을 고르게 뽑았어요. 부정과 비리를 저지른 자는 가까운 사이라도 가차 없이 없애 버리고 문신이 맡을 일에는 문신을 뽑았어요.

그래서 명종과 이의민, 경대승은 묘한 관계였어요. 경대승은 선왕인 의종을 죽인 이의민을 좋게 보지 않았어요. 이의민은 경대승을 피해서 고향으로 도망쳤지요. 무신 정변 세력이 세운 왕인 명종은 선왕에 대한 예우를 갖추는 경대승이 마음에 들지 않았어요.

무신들도 문신에 우호적인 경대승을 아니꼽게 생각했어요. 암살 위협에 시달리던 경대승은 도방이라는 사병 집단을 설치했지요. 하

지만 결국 30세의 젊은 나이에 병으로 죽고 말았는데 암살을 당했
다는 이야기도 있어요.

경대승의 장례식 날 길거리의 모든 백성이 통곡을 했다고 하니
백성들에게 두터운 믿음을 얻었던 것만은 분명해요.

한편 고향에 있던 이의민은 경대승이 죽었다는 소식을 듣고 개경
으로 돌아왔어요. 경대승이 이의민을 살려 둔 것이 훗날 고려에 큰
파장을 몰고 왔답니다.

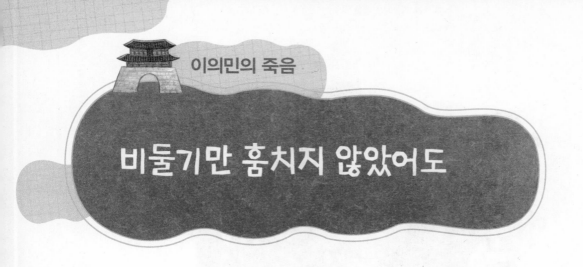

비둘기만 훔치지 않았어도

경대승이 죽자 명종은 이의민을 불러들였어요. 이의민은 천민 출신이었지만 8척 장신에 싸움을 잘해서 무신이 되었어요. 의종을 죽이고 반란을 진압하면서 무관 최고의 자리에 오른 인물이었지요. 경주 출신인 이의민은 신라의 맥을 이어 스스로 왕이 되려는 야심을 품었어요.

이의민에게는 아들 셋이 있었어요. 모두 아버지의 권력을 믿고 못된 짓을 일삼았어요. 그 가운데 둘째 아들 이지영은 왕의 후궁을 가로채는 등 온갖 못된 짓을 다 했지요.

그러던 어느 날, 이지영의 하인이 무신 최충헌의 동생 최충수의 집에 갔다가 마

당에 있는 새장을 발견했어요. 빛깔이 고운 비둘기 한 마리가 들어
있었어요.

"그놈 참 귀해 보이는구나. 우리 주인에게 가져다 바치면 좋아하
시겠군!"

이지영의 하인이 비둘기를 훔쳐 간 것을 눈치챈 최충수는 당장
이지영의 집으로 찾아갔어요.

"이 무슨 무례한 짓이오. 어서 비둘기를 내놓으시오."

"내 집에 들인 것은 모두 내 것이다. 네놈도 순순히 돌아가지 못
할 것이다!"

이지영은 도리어 최충수의 볼기를 때리고 가두었어요. 이틀 뒤에
풀려난 최충수는 머리끝까지 화가 치밀어 자신의 형에게
갔어요.

"천민의 자식을 내버려 두었더니 기세가 하늘을
찌르는구나. 이만 제 주제를 알려 주어야겠다."

최충헌은 1196년 4월에 동생과 힘을 합쳐 이
의민과 그의 아들들을 모두 죽였어요. 비둘
기 한 마리 때문에 일가족이 죽임을 당했지
요. 타고난 야심가였던 최충헌은 이를 빌미
로 무신 정권의 최고 권력자 자리를 꿰차는
데 성공했답니다.

한 편의 시로 인생 역전!

　무신 정변이 일어난 후 무신들이 활개를 치고 다녔어요. 반면 문신들은 숨죽이며 지내야 했지요. 그 당시 어릴 때부터 시를 기막히게 잘 지어 신동이라 불리던 이규보라는 사람이 있었어요. 모두의 기대와 달리 이규보는 22세가 되어서야 과거에 급제했지만 문신을 무시하던 시기라 벼슬을 얻지 못했어요. 술을 좋아하고 한가롭게 글을 쓰며 지내던 이규보는 25세 때 대표작 〈동명왕편〉을 완성했지요.

　1196년 어느 평화로운 봄날, 이규보는 여느 때처럼 술을 마시고 있었어요. 그때 멀리에서 한 사내가 달려오는 것이 보였지요. 사내가 소리쳤어요.

　"최충헌이 이의민을 없애고 무신들의 우두머리가 되었다!"

　드디어 기회가 왔다고 생각한 이규보는 최충헌에게 시를 한 수 지어 보냈어요. 시가 어찌나 뛰어났던지 최충헌은 이규보에게 당장 벼슬을 내렸어요. 그 후 이규보는 뛰어난 시를 지으면서 당대 최고의 시인으로 이름을 날리게 되었지요. 하지만 최충헌은 이규보를 믿지 못해서 오랜 세월 동안 그의 재능을 시험해 보았다고 해요. 이규보가 51세가 되던 해에는 최충헌의 눈 밖에 나서 쫓겨난 일도 있었어요. 최충헌의 아들 최이가 이규보를 무척 아껴서 아버지가 죽자마자 그를 다시 불러들였지만요.

그런데 문신들이 보기에는 어땠을까요? 문신들은 이규보가 출세에 눈이 먼 자라고 손가락질했어요. 하지만 이규보가 승부수를 띄우지 않았다면 시, 소설, 편지 등 그의 수많은 글이 담긴 《동국이상국집》은 영영 묻혔을 것이랍니다.

왕위를 차지하지 않은 무신 정권

　무신 정변으로 의종이 귀양을 가게 된 다음 동생인 명종이 왕이 되었지요. 언뜻 이해가 가지 않는 상황이에요. 무신 정권은 스스로 왕이 되면 간단한데 왜 왕을 폐위하고 새로운 왕을 세웠을까요?

　생각처럼 간단한 문제가 아니었어요. 역사 속 유명한 왕들의 신비로운 탄생 설화를 들으면 이런 생각이 들지 않던가요?

　"뭔가 달라도 다르군. 역시 아무나 왕이 되는 것이 아니네."

　신비로운 탄생 설화는 왕을 신처럼 만들어 백성들이 우러러 보게 하지요. 옛날 사람들은 하늘이 내려 주는 사람만이 왕이 될 수 있다고 생각했어요. 그래서 무신 정권은 함부로 왕을 바꾸면 괜히 긁어 부스럼을 만들게 된다고 생각했지요.

　또 다른 이유도 있었어요.

　"왕이 되는 것이 이렇게 쉽네? 나도 한번 왕이 되어 볼까?"

　무신 정권의 입장에서 이는 백성들이 가져서는 안 되는 생각이었

148

어요. 누구나 왕이 되겠다고 반란을 일으키면 큰일이니까요.

또한 멀쩡히 있는 왕을 끌어내리려면 그럴듯한 명분이 필요했어요. 왕이 제멋대로 굴어 나라를 바로 잡아야 한다거나, 자신들이 왕권을 차지하면 새로운 정치를 하겠다는 명분이 필요했는데, 무신 정권에게는 그런 것이 없었지요. 의종을 죽이고 정권을 잡은 이의민을 평생 괴롭힌 것도 왕을 죽인 반역자라는 꼬리표였어요. 이는 이의민에게 굉장한 부담이었고, 거꾸로 최충헌에게는 이의민을 없앨 명분이 되었지요.

이런 다양한 이유로 무신 정권은 고려 왕조를 유지시키면서 권력을 휘두르는 것이 훨씬 이득이라고 생각했어요. 허수아비 왕을 앞에 세워 두고 실제적인 이익과 권력을 독차지했지요. 그래서 무신 정권 동안 고려의 왕씨 왕조도 계속 이어지게 되었답니다.

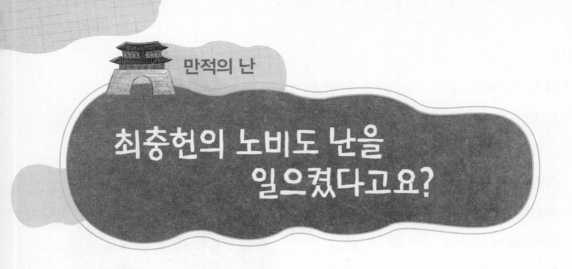

최충헌의 노비도 난을 일으켰다고요?

고려의 무신들은 누군가 자신들처럼 난을 일으킬까 봐 걱정했어요. 이의민을 죽이고 무신 정권의 최고 권력자가 된 최충헌에게 만적이라는 노비가 있었어요. 만적은 자기 주인이 난을 일으켜 정권을 잡는 과정을 지켜보았어요. 심지어 그전의 최고 권력자였던 이의민은 천민 출신이었지요. 그들이 하루아침에 고려를 휘어잡는 모습을 보니 새삼 자신의 처지가 억울했어요.

1198년의 어느 날, 산에 나무를 하러 갔던 만적은 함께 온 노비들을 불러 모아 은밀히 말했어요.

"무신 정변 이후로 천민 출신이 높은 관직에 많이 올랐다. 왕과 제후, 장수와 재상의 씨가 따로 있으랴. 원한다면 우리도 그처럼 될 수 있다!"

노비들은 누가 들을세라 주변을 두리번댔어요. 생각해 보니 왕후 장상의 씨가 따로 없다는 만적의 말이 그럴듯하게 들렸어요. 그들은

노비 문서를 불태우고 궁궐로 쳐들어갈 계획을 세운 다음 반란의
날을 정하고 헤어졌어요.

그런데 막상 약속한 날에 모인 노비가 생각보다 너무 적었어요.
그로 인해 날짜를 한 차례 미루게 되었지요. 이 틈에 일이 터지고
말았어요.

한충유의 노비 순정이 주인에게 이 계획을 일러바친 것이에요.
한충유는 곧장 최충헌에게 이 사실을 알렸지요. 최충헌은 주동자가
자신의 노비라는 사실에 기가 막혔어요. 그는 만적과 100여 명의
노비들을 강물에 던져 버렸어요. 노비들은 난을 일으켜 보지도 못
한 채 죽었지요.

그런데 이때 신분 해방의 꿈을
이룬 사람이 있었어요. 바로
노비 순정이었어요.
신분 차별 없는 세상을
꿈꾸던 노비들은 죽고
그들을 죽음으로 몰아넣
은 사람은 자유를
찾게 되었답니다.

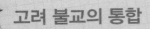

같은 꿈 다른 방법, 의천의 천태종 VS 지눌의 조계종

대각 국사 의천의 등장으로 고려 불교에 변화의 바람이 불게 되었어요. 교종의 5교에 조계종과 천태종을 통틀어 '오교양종'으로 재정비되었지요. 그리고 점차 고려의 불교는 대각 국사 의천이 처음으로 시작한 천태종과 이후 보조 국사 지눌이 처음으로 시작한 조계종으로 나뉘었어요.

당시 고려 불교는 경전을 중시하는 교종과 참선을 중시하는 선종이 대립하고 있었어요. 이에 의천은 교종을 중심으로 선종을 통합한 천태종을 내세웠어요. 지눌은 선종을 중심으로 교종을 통합한 조계종을 내세웠고요.

의천은 교종의 교리를 중심으로 선종의 참선을 곁들여야 한다는 '교관겸수'를 주장했어요. 경전 공부를 열심히 해야 점차 깨달음에 다다를 수 있다고 주장했지요. 반면 지눌은 참선을 바탕으로 삼고 교리를 수단으로 지혜를 닦는 '정혜쌍수'를 주장했어요. 또한 단 한

번에 깨달음을 얻고 점차 수행을 해야 한다는 '돈오점수'도 주장했답니다. 아무래도 천태종은 교종의 이론이 더 중요하다고 주장했고, 조계종은 선종의 실천이 먼저라고 주장했어요.

교종은 경전을 중요하게 생각하고 귀족적인 성격이어서 백성들이 다가가기 어려웠어요. 의천은 문종의 아들이자 숙종의 동생이라는 신분의 한계 때문에 귀족 중심의 불교를 벗어나지 못했거든요. 반면에 선종은 자기 수양으로 누구나 해탈에 이를 수 있다는 주장이어서 백성들이 친근하게 받아들일 수 있었어요.

하지만 서로 한 발짝씩 양보한 천태종과 조계종은 오늘날에도 우리나라 불교의 양대 산맥으로 자리하고 있답니다.

교정도감

내 말이 곧 법이야!

'권불십년'이라는 말이 있어요. 아무리 막강한 권력도 10년을 가지 못한다는 뜻이지요. 어느덧 최충헌의 정권이 10년을 넘기고 있었어요. 반발 세력이 슬슬 머리를 들고 있었어요.

경기도 개풍에서 벼슬아치 세 사람이 반란에 뜻을 모았어요.

"허나 이는 무공이 뛰어난 장군들이 수백 명의 군사를 이끌고도 실패했던 일이야."

"승려들과 함께하면 부처님이 우리를 지켜 주겠지."

이들이 승려들과 함께하기로 한 데에는 이유가 있었어요. 승려들은 무신 정권에 꾸준히 반대했지요. 특히 최충헌은 집권 초기에 승려들의 반발에 강력히 대응해서 승려들의 불만이 커졌어요. 이들은 대개 왕권에 우호적인 교종 세력이었어요.

　세 사람은 거짓 문서를 꾸며 승려들을 한자리에 모으기로 했어요. 문서는 돌고 돌아 귀법사에 이르렀지요. 그런데 한 승려의 표정이 묘했어요. 그 승려는 최충헌을 찾아가 이상한 문서에 대해 이야기했어요. 노련한 최충헌은 문서의 의미를 대번에 알아차렸어요.

　"이에 관련된 자들을 모조리 잡아들여라!"

　최충헌은 사신을 접대하는 장소로 쓰이던 개경의 흥국사 영은관에 임시로 교정도감을 설치하고, 벼슬아치와 승려를 일일이 불러 조사했어요. 교정도감은 최충헌에 반대하는 세력을 처벌하고, 그의 뜻대로 모든 일을 처리하려고 만들어졌지요.

　이 일이 끝난 다음에도 교정도감은 계속 유지되어 반대 세력을 없애는 데 이용되었어요. 또한 관리들의 관직을 마음대로 정할 수 있는 인사권과 세금 징수권까지 갖추면서 최고 권력 기관으로 자리 잡았어요. 무신 정권의 최고 권력자는 자연히 교정도감의 우두머리인 교정별감 직책을 함께 맡게 되었답니다.

무신 정권에 맞선 용감한 왕 희종

최충헌은 명종을 폐위시키고 신종을 제20대 왕으로 세웠지요. 그런데 신종이 병석에 눕게 되어 다시 그의 아들 희종을 제21대 왕으로 세웠어요.

그즈음 최충헌은 무수한 암살 위협에 시달리고 있었어요. 최충헌은 이들을 모두 잡아내어 없애 버렸지요. 이러한 점을 이용해서 정적을 없애기 위해 암살 계획을 거짓으로 꾸며내는 사람도 생겨났지만, 최충헌은 끈질기게 반대 세력을 억눌렀어요. 하지만 이런 살벌한 분위기에도 반란을 꿈꾸는 자들은 있었어요.

최충헌에 반대하는 세력은 희종이 왕이 되자 기회가 찾아왔다고 생각했어요. 희종은 이전의 왕들과 달랐어요. 최충헌을 따르는 척하며 그를 반대하는 세력들과 몰래 머리를 맞대고 왕권을 되찾을 궁리를 했지요.

최충헌이 여느 때처럼 희종을 만나러 궁궐에 들어섰을 때였어요.

갑자기 등 뒤에서 문이 닫히더니 빗장을 거는 소리가 들렸어요. 최충헌은 본능적으로 위험을 느꼈어요.

'함정에 걸렸구나!'

사방에서 대기하고 있던 자객들이 최충헌을 공격했어요. 하지만 뒤쫓아온 부하들의 도움으로 겨우 목숨을 구했어요.

최충헌은 희종이 이 계획에 함께했음을 알고 분노에 몸을 떨었어요. 자신이 왕위에 앉혀 주었는데 뒤에서 음모를 꾸민 희종을 용서할 수 없었지요. 그래도 왕을 죽일 수는 없어서 폐위시켜 강화도로 귀양 보내고 나머지 무리는 없애 버렸어요. 희종의 뒤를 이어 강종이 제22대 왕이 되었지만 나이가 너무 많아서 2년 만에 세상을 떠났어요.

하지만 최충헌은 왕을 갈아 치우면서도 끝까지 스스로 왕이 되려 하지는 않았어요. 지나친 욕심은 독이 된다는 것을 잘 아는 인물이었답니다.

60년 최씨 정권, 그들이 사는 세상

최씨 정권

문벌 귀족 출신인 최충헌은 최고 권력자가 되자 처음에는 문신 세력을 억눌렀지만 곧 문신들을 위한 정책을 폈지요. 과거 시험을 무신 정변 이전보다 더 자주 실시했어요.

최충헌은 엄청난 규모의 집을 짓고 교정도감도 설치해서 반대 세력을 없애 버렸어요. 여기에 사병 집단인 도방도 설치했지요. 경대승이 세상을 뜨면서 없어졌다가 되살아난 도방은 이전과 비교가 되지 않을 정도로 커졌어요.

최충헌의 뒤를 이은 아들 최우는 몽골의 침입을 권력 수단으로 삼았어요. 외부에 적이 있으면 내부는 뭉치게 되는 점을 이용해서 정권을 안정시켰지요. 그는 몽골의 침입을 피해 강화도로 수도를 옮긴 장본인이기도 했어요.

최우는 관리의 인사를 좌지우지하는 기구인 정방도 설치했어요. 학문이 뛰어난 문신을 뽑아 자문 기관인 서방도 꾸렸고요. 최충헌이 만든 교정도감과 도방에 정방, 서방을 더하면서 최씨 정권은 더욱 단단해졌어요.

하지만 최우에게는 골칫거리가 있었어요. 아들 최항과 최만중이 절에서 고리대금업을 하는 등 말썽을 부렸거든요. 최우의 사위 김약선이 후계자의 자질을 갖추고 있었는데 이 때문에 김약선 지지자와 최항 지지자로 무신들이 나뉘면서 권력 약화로 이어졌어요. 그래도 팔은 안으로 굽는다고 최우는 최항에게 권력을 물려주었어요. 처음에 최항은 민심을 얻으려고 애썼지만 점차 사치와 향락에 빠졌지요.

최항이 죽고 그의 아들 최의가 권력을 이어받았을 때에는 정권이 약해질 대로 약해진 후였어요. 결국 최의가 문신들에게 죽임을 당하게 되면서 60년에 걸친 최씨 정권이 막을 내리게 되었답니다.

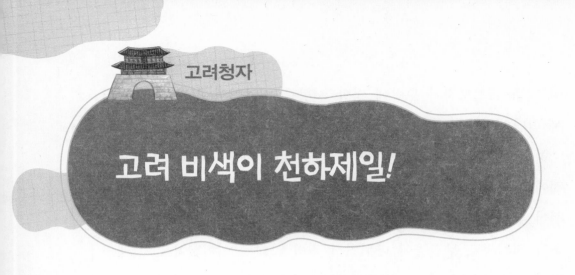

고려 비색이 천하제일!

고려 하면 금방 떠오르는 것 가운데 하나가 고려청자예요. 청자는 푸른 빛깔이 도는 자기를 말하는데 중국 한나라에서 처음 만들어졌다고 해요.

중국의 청자 기술을 받아들인 우리나라는 10세기 무렵인 고려 시대부터 청자를 만들기 시작했어요. 그리고 매우 빠른 속도로 기술을 익혀 금세 중국을 뛰어넘게 되었지요.

중국에서는 오래전부터 상감 기법을 사용해 왔어요. 청자에 꽃, 나무, 학 등의 밑그림을 파서 하얀 흙이나 붉은 흙을 넣고 구워 다양한 색을 내는 것을 상감 기법이라고 하지요. 그런데 고려 사람들은 이 기법을 더

청자 상감 구름 학 무늬 매병

160

욱 발전시켜 철이나 동으로 된 그릇에 금실, 은실을 넣는 등 이를 다양하게 응용할 줄 알았어요.

또한 고려만의 독특한 색깔인 비색으로 자기를 만들었어요. 비색은 은은하고 맑은 푸른빛이 도는 자연의 색이에요. 중국 송나라 사람들은 '고려 비색이 천하제일'이라고 입을 모아 칭찬했답니다.

신비롭고 오묘한 비색은 유약에 들어가는 철분의 양과 가마의 온도에 달려 있어요. 하지만 철분을 얻을 수 있는 특정 나무의 종류와 가마의 온도를 단시간에 높이는 법은 몇몇 숙련된 도공만이 알고 있었지요.

고려청자는 차를 마시는 문화와 함께 12세기에 전성기를 맞이했어요. 그러다가 13세기 말부터 고려 사회가 변하면서 고려청자도 서서히 쇠퇴하고 말았답니다.

고려 시대에도 카페가 있었다고요?

고려 시대에도 요즘 못지않게 차를 마시는 문화가 발달했어요. 당나라의 차 문화를 처음 접했을 때 왕실에서는 대단히 흡족해했어요. 아름다운 찻잔에 찻잎을 넣고 조심스레 물을 따라 향을 느끼면 마치 중요한 의식을 치르는 듯했지요.

그래서 궁궐에서는 중요한 행사에 차를 올리는 의식을 행하기도 했지요. 이웃 나라에 사신을 보낼 때 예물로 차를 보내고, 송나라의 사신도 고려에 올 때 선물로 차를 가져왔답니다.

이렇듯 궁중에서 차를 즐겨 마시는 문화가 발달하게 되자, 나라에서는 차에 관한 일을 맡아보는 관청인 다방을 만들었어요. 요즘 다방의 의미와는 달리 약재를 달여 환자들을 치료하기도 했지요. 궁 밖에서 차를 마시게 되면 다구와 짐을 나르는 차 군사를 따로 두었다고 해요.

　　또한 왕이 직접 덕이 높은 승려에게 차를 하사하는 등 절과 승려에게 많은 양의 차가 공급되었어요. 연등회나 제사 등 각종 행사에는 물론이고, 승려의 일상생활에서도 차가 늘 함께했지요. 차 우리기를 겨루는 명전이라는 풍속도 있었어요. 차를 생산하는 다촌이라는 마을도 따로 생겨났지요.

　　차 문화는 백성들 사이에서도 널리 퍼졌어요. 고려 후기에는 오늘날의 카페처럼 백성들이 차를 마실 수 있는 다점이 생겨났답니다.

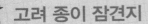
이렇게 곱고 매끄럽다니, 누에고치가 분명해!

　중국에서 처음 만들어진 한지가 우리 나라에 전해진 것은 고구려 소수림왕 시절로 알려져 있어요. 하지만 이전 시대의 고분에서 종이 뭉치가 발견되면서 우리나라 종이 역사가 더욱 오래되었을 수도 있다고 추측하게 되었지요. 그런데 우리 종이의 긴 역사 가운데에서 특히 고려 종이는 온 세상에 이름을 떨쳤어요.

　고려 사람들은 중국에서 배워온 종이 만드는 법에 새로운 기술을 응용해서 중국 사람들도 혀를 내두를 만한 종이를 만들었어요. 고려청자가 청자의 본고장인 중국 사람들의 마음을 사로잡은 것과 같은 경우였지요.

　종이의 원료로는 닥나무를 주로 썼어요. 다른 원료를 섞지 않고 오직 닥나무만을 썼기 때문에 종이가 아주 매끄럽고 두꺼웠지요. 중국 사람들은 고려 종이를 '잠견지'라고 부르며 귀하게 여겼어요. 잠견지는 누에고치로 만든 종이라는 뜻이에요. 아니, 닥나무로 만들었는데 왜 누에고치 종이라는 것이지요?

사실 우리 종이의 인기는 신라 시대에 닥나무로 만든 희고 매끄러운 백추지에서 시작되었답니다. 백추지를 처음 본 중국 사람들은 깜짝 놀랐어요.

"이렇게 희고 고운 종이는 누에고치로 만든 것이 틀림없다!"

1500년대까지 중국 사람들에게 우리 종이는 견지, 잠견지, 금견지 등으로 불렸어요. 실제 원료가 무엇인지는 중요하지 않았어요. 그만큼 우리 종이가 우수했음을 드러내는 칭찬이었으니까요.

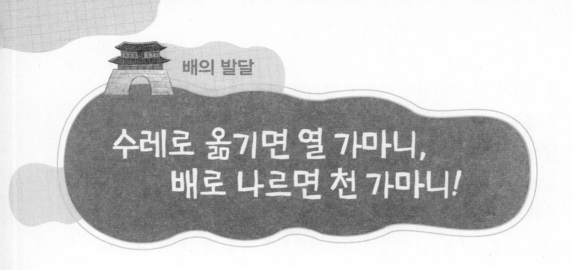

배의 발달

수레로 옮기면 열 가마니, 배로 나르면 천 가마니!

고려 초기의 운송 수단은 수레였어요. 수레와 소를 이용해서 전국 각 지역에서 거둔 공물을 개경으로 실어 날랐지요. 하지만 한 번에 나를 수 있는 양도 적었고 시간도 너무 오래 걸렸어요. 게다가 거란, 여진 등 외적의 침입 때문에 육로를 막아 버리면서 물자 이동에 어려움을 겪었지요. 그래서 고려는 더 빠르고 안전한 수상 교통을 개척했어요. 전국 14곳에 곡식을 저장하는 조창을 만들고 이를 한꺼번에 운송할 배를 만들었지요. 한 번에 곡식 1,000석을 나를 수 있는 커다란 배도 만들었어요. 이러한 조운 제도로 고려에서 수

상 교통이 크게 발달하게 되었어요. 상인들도 수상 교통을 자주 이용하게 되면서 먼바다까지 나가는 해상 교통도 발달하게 되었지요. 여기에 배 만드는 기술과 항해하는 기술을 더욱 발전시켜 배의 구조와 모양이 자리를 잡게 되었답니다.

  고려의 배는 크게 지방에서 거둔 세금을 운반하는 조운선과 다른 나라와 무역을 하기 위한 무역선이 있었어요. 훗날 원나라의 명령으로 일본을 정벌할 배를 만들기도 했는데, 이러한 사실은 고려의 배가 얼마나 뛰어났는지를 말해 주지요.

고려 시대 조운선인 마도 1호 복원 시각

  1208년에 전남 해안을 떠나 항해하다가 침몰한 고려 시대의 조운선 마도 1호가 2010년에 태안 마도 앞바다에서 발굴되었어요. 국립 해양 문화재 연구소에서는 설계도를 토대로 나무못과 통나무를 최대한 이용해서 고려 시대에 배를 만들던 기술과 같은 방식으로 복원하기로 했어요. 마도 1호는 곡물과 생활용품을 운송하던 조운선으로, 용도와 침몰 연대를 정확히 알고 있는 유일한 고려 시대의 배랍니다. 복원된 마도 1호는 2016년에 완공되는 충남 태안의 서해 유물 보관동에 전시할 계획이며, 그전까지는 연구소 마당에 야외 전시한다고 해요.

꼬레? 코레야? 코리아!

개경과 이어지는 예성강 하구에 벽란도라는 항이 있었어요. 물살이 빨라 위험하기는 했지만 수심이 깊어서 배가 드나들기에 좋았지요. 고려는 벽란도에서 송나라와 무역을 했어요. 거란의 눈치를 볼 필요도 없었지요. 얼마 지나지 않아 거란과 금나라, 일본 상인도 벽란도에 드나들게 되었어요. 벽란도에 날마다 활기가 넘쳤어요.

"저기 배가 들어온다!"

사람들은 커다란 배가 들어올 때마다 이번에는 어떤 진귀한 물건을 싣고 왔을지 궁금해했어요. 외국에서 들어온 물건에는 향료, 비단, 약재, 장신구 등 주로 사치품이 많았어요. 고려는 금, 은, 모시, 인삼, 종이, 고려청자 등을 수출했지요.

"저 사람들은 어디에서 온 것이지? 코가 엄청 뾰족하네!"

고려 사람들은 난생 처음 보는 외국 사람들의 모습이 신기했어요. 벽란도가 국제 무역항으로 유명해지자 멀리 아라비아와 페르시아 상인까지 오게 되었지요.

　고려 시대에 무역이 얼마나 발달했는지는 외국에서 우리나라를 코리아라고 부르는 것을 보면 알 수 있어요. 외국의 무역 상인들이 자기 나라로 돌아갔을 때 주변 사람들이 어디에 다녀왔느냐고 물었겠지요? 그런데 외국 사람들에게는 고려라는 발음이 어려웠어요.

　"그렇게 멀리 있는 나라가 대체 어디냐니까?"

　"꼬레? 코레야? 코리아!"

　이때부터 서양에서 우리나라가 코리아로 알려지게 된 것이랍니다.

고려청자는 어떻게 만들어졌을까요?

　　청자를 처음 만든 중국에서조차 고려청자를 최고로 인정했어요. 당시에는 고려청자를 가진 사람이 부러움의 대상이었답니다.

　　고려청자는 상감 기법과 비색에서 특히 뛰어났어요. 상감 기법은 중국에서도 이미 사용되던 기법이었는데, 고려에서 창의적으로 응용했어요. 청자 겉에 산, 나무, 꽃, 학 등 다양한 무늬를 파내고 백토나 자토 등 색이 다른 흙을 채워 만들었지요. 물감을 바르는 것보다 훨씬 또렷하고 아름다운 무늬를 강조할 수 있었어요. 당시에는 흰색이 나오는 백토와 검은색이 나오는 자토를 주로 썼어요.

　　그 밖에도 밑그림만 그리고 유약을 바르는 철화 기법, 그릇 전체에 철분이 들어간 물감을 발라 검게 만드는 철채 기법 등 다양한 방법이 있어요.

　　고려청자의 오묘한 비색은 철분의 양에서 결정되었어요. 매우 숙련된 도공만 아름다운 빛깔을 낼 수 있었답니다.

청자를 만들기까지 얼마나 정성스러운 과정을 거치는지 한번 알아볼까요?

❶ 반죽 만들기 불순물을 없앤 흙에 물을 부어 발로 꾹꾹 밟아 차지게 반죽해요.

❷ 그릇 빚기 물레에 반죽을 돌려 원하는 그릇 모양을 만들어요. 이때 힘 조절을 못하면 모양이 찌그러질 수 있으니 조심해야 해요.

❸ 무늬 만들기 그림을 그려 넣거나 원하는 무늬를 새겨 넣어요. 새긴 무늬에 자토, 백토 등을 채우면 상감 기법이지요.

❹ 초벌구이 그릇을 그늘에서 말린 뒤 900도 이내의 가마에서 구워요. 초벌구이를 한 다음에는 4~5일 동안 가마에 그대로 두고 식혀요.

❺ 유약 바르기 구워 낸 그릇에 유약을 발라요. 이때 상감 청자의 무늬를 돋보이게 하려면 유약을 아주 얇게 펴 발라야 해요.

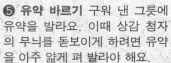

❻ 재벌구이 1,200도 이상의 가마에서 한 번 더 구운 후, 식으면 도자기를 꺼내요. 흠이 있거나 마음에 들지 않는 그릇은 가차 없이 깨뜨려요. 도공의 장인 정신을 엿볼 수 있는 대목이에요.

고려청자를 감상해 볼까요?

우리나라 국보 중에는 고려청자가 참 많아요. 그만큼 고려청자가 뛰어난 아름다움과 문화적 가치를 지닌다는 의미예요. 그런데 이 길고 긴 도자기의 이름에 숨은 규칙이 있다는 것을 알고 있나요?

우리나라 도자기에는 이름을 붙이는 규칙이 있답니다. 먼저 도자기가 청자인지, 백자인지, 분청사기인지를 말해요. 그리고 상감, 투각 등 어떤 기법으로 장식하였는지를 말하지요. 그다음으로 무슨 그림을 그렸는지, 마지막으로 어떤 형태의 도자기인지로 이름을 만들어요.

예를 들어 '청자 상감 모란 무늬 항아리'라면 청자로, 상감 기법을 썼고 모란 무늬를 그린 항아리임을 알 수 있어요. '청자 오리 모양 연적'은 청자로, 무늬를 넣지 않은 오리 모양의 연적이라는 것을 알 수 있지요. 연적은 먹을 갈 때 물을 담아 두는 그릇을 말해요.

자, 그럼 고려청자의 이름을 하나하나 읽으며 그 아름다움을 감상해 볼까요?

고려만의 독특한 비색은 은은하고 맑은 푸른빛이 돌지요.

청자 참외 모양 병
〈국보 94호〉

청자 상감 국화 무늬 잔과 잔 받침

**청자 상감 모란 국화 무늬
참외 모양 병**
〈국보 114호〉

**청자 음각 연꽃
넝쿨무늬 매병**
〈국보 97호〉

청자 투각 칠보 무늬 향로
〈국보 95호〉

청자 사자 장식 뚜껑 향로
〈국보 60호〉

청자 어룡 모양 주전자
〈국보 61호〉

**청자 상감 모란 넝쿨무늬
조롱박 모양 주전자**
〈국보 116호〉

청자 투각 용머리 장식 붓꽂이

고려 사람들은
그릇뿐만 아니라 다양한
생활용품을 청자로
만들었어요.

연대표

고려(상)

918년
태조 왕건,
고려 건국

943년
태조, 〈훈요십조〉
남김

1018년
거란의
3차 침입

1019년
귀주 대첩

1033년
덕종, 천리 장성 축조
(1044년 완성)

1055년
최충, 9재 학당
세움

1011년
현종,
초조대장경
제작
(1087년 완성)

1173년
김보당의 난

1176년
망이·
망소이의 난

1196년
최씨 집권기 시작
(1258년 끝남)

1170년
무신 정변

1149년
의종,
봉수 제도
실시

1145년
김부식,
《삼국사기》 완성

1010년
거란의 2차 침입

1009년
강조의 정변

998년
목종, 개정전시과
실시

996년
건원중보 주조

945년
왕규의 난

956년
광종, 노비안검법 실시

958년
과거 제도 실시

960년
공복 제정

1076년
문종, 경정
전시과 실시

1102년
숙종, 해동통보
주조

1104년
여진의 고려 침입

1107년
윤관의
여진 정벌

976년
경종,
시정전시과
실시

1198년
만적의 난

1209년
최충헌, 교정도감 설치

1126년
이자겸의 난

982년
최승로,
〈시무 28조〉
건의

1135년
묘청의 서경 천도 운동

1127년
인종, 향교 세움

993년
상평창 설치,
거란의 1차 침입,
서희의 외교 담판

992년
국자감
세움

983년
성종, 군현제 실시

사진 협조 기관 및 저작권

이 책에 사용된 사진의 저작권은 아래의 기관에 허가를 받았습니다.
사진 허가를 해 주신 기관에 감사드립니다.

p21. **이성계의 호적 – 국립중앙박물관**

p81. **초조대방광불화엄경 – 국립중앙박물관**

p97. **해동통보 – 상명대학교 박물관**

p129. **조반 부부 초상 – 국립중앙박물관**

p160. **청자 상감 구름 학 무늬 매병 – 국립중앙박물관**

p172. **청자 참외 모양 병, 청자 상감 국화 무늬 잔과 잔 받침 – 국립중앙박물관**

p173. **청자 상감 모란 국화 무늬 참외 모양 병, 청자 음각 연꽃 넝쿨무늬 매병,**

청자 투각 칠보 무늬 향로, 청자 사자 장식 뚜껑 향로, 청자 어룡 모양 주전자,

청자 상감 모란 넝쿨무늬 조롱박 모양 주전자, 청자 투각 용머리 장식 붓꽂이

– 국립중앙박물관